目次

カバー写真　常盤　徹

長久命の長介

続食いしんぼ歳時記

第一部　長久命の長介

長介誕生

大雪が降った。首都を雪が埋めた朝、クーデターがあった。この国は揺らぎ出していた。それからしばらくして僕は生まれた。

僕は、長介。長男坊の長介。僕の家はながらく男の子が生まれなかったものだからずいぶん祝福された、らしい。なにしろ母は親類中から「お手柄、お手柄」と誉めそやされた、と聞いている。

父と母は夫婦養子。祖母も養子。江戸時代にも数度他家から人が入って、家名を継いでいる。高校生の頃、これを知ってそんなご大層な家か、と呆れた。呆れながらも「ご大層な家かどうか」興味があり調べてみた。分かるのは、戦国時代まででそれ以前は杳として分からない。徳川家康について江戸に住み着き家屋敷を貰っていた。言うところの直参である。だが、歴史上には小指の先ほども顔を出していない。ただ幕末には彰義隊に参加し上野の山に籠った、と伝わっている。

瀬戸内海の島の中に因島という割合大きな島がある。除虫菊で溢れている島が瀬戸内海に浮かんでいる。僕はこの島で生まれた。一番近い街は尾道で、船で行かねばならない。尾道の病院で僕は生まれた。面白いことに、母が父や祖母に囲まれて因島の港を船で出て行く光景を見ている記憶がある。いつ出来上がった記憶か知らないがいやにはっきりしている。みんなが僕に手を振っているのだ。不思議な光景が記憶のアルバムに仕舞ってある。それともうひとつ、不意に身体の回りに灯がきらめいて廻っている。真っ暗な中で灯りが廻っている。次の瞬間抱き上げられてわあっと大声で僕は泣いた。いまでも暗い中で灯りが廻っている光景が見えてくる。祖母の話だと船から桟橋に上がるとき海に落っこちたのだそうだ。大人の話から作られた記憶かなとも思う。しかし、ずいぶんはっきりしている記憶だなとも思う。

因島には海運局の造船所があって、父はそこへ赴任していた。住まいはだだっ広い官舎で家事をするばあやがいた。庭で父が西瓜を作っていたと祖母が話してくれたが、食べた記憶も見た記憶もとんと無い。父は小舟を一艘持っていてよく釣りに出かけていた。一度沖でエンジンが止まり、流されたがそこはお手の物、自分で直して帰ってきた。父はずっとこのことを隠していたがついしゃべってしまい、ずいぶん母に泣かれたようだ。父にとっては何でもないことだが、母にとってはまさに非常事態そのものだったのだ。四つ過ぎまでこの島で暮らしていた。

島中が除虫菊の花の白に埋まっている島、などと観光案内書に書いてあるが大人になって一度も訪ねたことはない。久しぶりの男の子だというたったそれだけの理由でずいぶん大事に育てられたらしい。多分わがままで意気地なし、そんなところだろう。まだ何とか平和な時代の日本だった。

父は、神戸海運局へ転勤を命ぜられ島を離れることとなった。惜しいなと思う。小学生時代を瀬戸内海の小島で過ごせたらどんなに素敵だったことか。僕の人生が全く別の方向に向かっていたとしても、自然の中での暮らしには替えられなかったように思う。因島にいれば、戦争も僕をかすめて飛び去っていたに違いない。

神戸での僕の記憶は、同じ歳の子どもとの出会いから始まる。神戸に越した次の日、近所の子どもが連れ立って遊びに来た。三畳の玄関先で「のらくろ」の漫画を積み上げて見せていたのを覚えている。なにしろ大切に育てられていたから、欲しい物はかなり与えられていた。きっと甘えん坊の内弁慶の弱虫が出来上がっていたのだろう。

近所の子どもは、なんと女の子ばかりだった。お向かいのケイコさんは国民学校の四年生、裏のハルちゃんは三年生。隣のレイちゃんは同い年。ケイコさんは、よくお家のお手伝いをして毎日表を掃いていた。

鬼ヤンマが家の前の道をすうっと滑るようにやってきて我が家の前で方向を変え、引き返していく。何度か捕虫網を持って追いかけたが、ついっと逃げられ捕まえられない。この道には、道オシエも棲みついていて、僕が近づくとすいっと少しだけ逃げるが、そのまま様子をうかがっている。また追いかける。逃げる。追いかける、逃げるの繰り返しのうちにとうとう迷子になって、わあわあ泣いていた。ずいぶん泣いていたように思うが、そんなに時間が経っていなかったのかも知れない。学校帰りのケイコさんが見つけてくれて、連れて帰ってもらえた。

幼稚園に通うことになった。毎日母に連れられて幼稚園に行く。歩いて二十分もかかるのに甘えん坊がよく行けたものだと思う。よほど面白かったのだろうか、いや、違うだろう。幼稚園の帰りに母と食べる店屋ものの丼がすこぶるお気に召していたのだ。

薩摩揚げを細長く切り、甘辛く煮付けたのが丼に盛りつけられ汁がかかっている。戦争は始まっていたはずだが、まだ食料は出回っていた。幼稚園に行き、毎日潜水艦と戦車の絵を描き、帰ったら女の子に遊んでもらっていた。

因島からばあやがきて、僕に風呂の入り方を教えて帰っていった。「坊やはもう学校やから、独りで風呂に入れんといかん」と言う。「そやかてあんな怖いもん、独りで入れん」と僕。

風呂は鉄製の五右衛門風呂。真ん中に木の丸い底が浮いている。それを沈めてその上に乗って入るのだ。学校前の子がそんなんに入れるかいな。毎晩泣いて抵抗したが、結局ばあやは僕を独りで風呂に入れるようにして因島に帰っていった。このばあやは因島時代から、僕がうんちを漏らすのを事前に見つける名人だった。なぜ分かったのだろう。

敬礼

国民学校へ入学した。魚崎国民学校という。幼いながら少国民という言葉どおり、国を挙げての戦争の中の一員だった。勝った勝ったという話は、そろそろ終わりだした時代である。教科書は、ススメ　ススメ　ヘイタイ　ススメ　だった。毎朝校庭に並び東を向いて宮城遥拝といって最敬礼をしたのを覚えている。その後くるりと後ろを振り向いて、拳を交互に突きだし米英撃滅と叫ぶのが日課だった。まだ、本土への空襲の無かった頃の話である。

入学式は全く記憶がない。ただ、叔父のおかげで僕は尊敬されていた。父の一番下の弟は、陸軍中尉。叔父が我が家に来るときは必ず珍しい食べ物を持ってきてくれた。まだ軍隊の中には食料が豊かだったのだ。もっと嬉しいのは、叔父と外出する時だ。叔父と一緒にいると、向こうから来る兵隊は遠くから叔父を見つけて敬礼をする。将校だから軍刀を持っている。それでいち早く見分けて敬礼をするのだ。僕も敬礼をする。いやぁ、嬉しかった。中には僕の顔を見て笑ってくれる兵隊もいた。そんなところを同級生が見ているのを知ると、そっちへ向かって敬礼をした。得意満面というところだ。

一度で良い、一度だけで良いから叔父の軍刀を持って兵隊さんに敬礼したかった。この願いは、どうしても叶えられなかった。その代わり、叔父は玩具の軍刀を買ってくれた。僕は叔父と出かけるときだけその軍刀を持って出かけた。嬉しくて嬉しくて兵隊さんが来ないか来ないかと、それればかり気にして歩いていた。

当時将校が叔父だということは、今の子どもにとって巨人軍の投手が叔父だというのと同じだったのだ。この叔父は戦死せず無事戦後を迎え昨年亡くなった。

父は学生時代から、剣道をやっており、刀剣をかなり持っていた。叔父に餞別としてその中の一振りを贈ったと聞いている。関孫六《せきのまごろく》、名刀と知ったのは遥か後のことである。なぜ贈ったかというと、僕の不始末のお詫びでもあったらしい。

叔父が訪ねてきて話に花が咲き、大人の注意がそれたとき、こっそり拳銃を持ち出し、隣の部屋で引き金を引いた。安全装置がかかっていたので弾丸は発射されなかったが、叔父は驚いたという。当たり前の話だ。

父が叔父に名刀を贈ったのは、餞別であると共に僕のいたずらへのお詫びだったのだろう。

こんないたずらはいっぱいやっている。父に客が来て例によって酒盛りが始まった。酒盛りが始まり、僕への関心が薄れるとつまらなくなる。つまらなくなると何か始めたくなる。大人から見ればまずつまらないことばかりだ。板に釘を打つのが面白くなった時期なので、これで遊ぼうとしたが手頃な板が見つからない。そこで思案して物干しの柱に釘を打ってみた。こんこんと釘を打っているといきなり頭を叩かれ、額が割れて血が噴き出してきた。物干し竿が落ちてきて額を割ったのだ。

突然庭で泣き声がしたので駆けつけてきた母の前に額から血を流している僕がいた。近くの外科に担ぎこんで、四、五針縫ったそうな。その痕が左の額に残っている。

祖母はおでこの杉を見るたびに、「男の子だから向こう傷は勲章」と言って傷痕を撫でてくれた。そうされるといたずらの揚句怪我をしたことなどけろりと忘れ「向こう傷は男の勲章」と威張ったものだ。

この傷痕はいつしか盛り上がり、瘤になってしまっていた。数年前近所の皮膚科のドクターに、「この瘤は取れますよ。取りますか」と訊かれ、今更入院は願い下げにしたいと申し出たところ、「五分で済みます」という返事が返ってきた。凍らせて取ってしまうのだそうだ。

五分どころか二、三分で終わり男の勲章は跡形もなくなった。祖母が見たらなんと言うだろう。やはり「良かった良かった」と喜ぶだろうなと思う。まことに甘やかされて育ったものだ。

犬を飼っていた。それも二匹。因島の家で撮った写真が残っている。那智と陸奥。駆逐艦那智と戦艦陸奥。時代色が出ている名前だ。陸奥は雌の耳が垂れた大型犬。那智は柴犬。那智はお気に入りで僕は那智に付いて歩いた。神戸の家には那智しかいなかった。陸奥がいないのは不思議に感じなかった。子どもって自分中心だから、自分を取り巻くものは自分の好きなものであれば良かったのだろう。神戸に来るまでに陸奥は死んだのか、あるいは父の知人に引き取ってもらったのか、よく分からない。

広いところから狭いところへ来たので那智も面食らったのじゃないかと思う。今みたいに鎖につないでおかず、庭で放し飼いだった。遊びに来る女の子達は那智に餌をやるのが好きだった。食料事情が厳しくなるまでは、ビスケットがおやつに沢山出たから、那智にもやれた。女の子達は那智に餌をやるのが好きで、さまざまな芸を教えて楽しんでいた。

その中でも楽しかったのが、敬礼である。どんななのかだって？　兵隊同士がかわすあの挨拶である。犬に向かって敬礼と叫ぶと、那智は前足をあげて鼻面に当てる。敬礼に見えなくもない。そのうちもっと上手になったら、街中で兵隊さんに敬礼をするのだと張り切っていた。残念ながらその機会もなく過ぎた。見知らぬ人には吠えついて追い払うけど、顔見知りの子どもとならよく遊んでくれた。このとき飼っていた那智は戦争中死んだと思う。生き物の死にさほど注意を払っていなかったというより、記憶していないというのが本当だろう。覚えているのは、遠くから駆け寄ってくる姿と押しつけられた鼻面の冷たさ、それにビスケットをねだるときのくうーんという鳴声くらいだ。これから大切な犬になる、そんな時期に那智とは別れていた。終戦後、犬を飼った。犬の名はやはり那智。この那智とはよく遊んだ。友達でありボディガードであった。もっと後の話である。

少国民

国民学校の担任の先生は、おんな先生。母親の次に好きな女性だった。この先生が好きで毎日学校へ行ったようなものだ。好きなのは僕だけでないから、大変である。褒められようといろんな事をした。色の白いふくよかな顔立ちで明るいお話し好きの先生だった。話をするときは必ずかがみ込んで話してくれた。彼女が弾くとオルガンはいつも機嫌の良い音を立てた。誰かに似ていない？　そう句友のシスターMにそっくり、だからシスターMにお会いしたとき、たまげた。お会いしたときから、シスターを敬愛しているのはこうした背景あってのことだ。

担任の先生の思い出は幾つかある。何の授業だったのだろう、担任の先生じゃないかなり年配の先生の時間だった。おしっこがしたくなり、お便所へ行って良いですかと、再三尋ねに行った。そのたびに少国民ですよ。我慢しなさいと、おしっこに行かせてもらえなかった。とうとう自席でおしっこを漏らしてしまった。担任の先生が呼ばれ、おしっこの始末をして、僕を教室の外へ連れ出した。怒られるものと思っていたところ、案に相違して、「ごめんね、先生が休み時間におしっこへ行きなさいと言わなかって」とぎゅっと抱いてくれたのを覚えている。お漏らしの恥ずかしさは消し飛んだようだった。

もうひとつ書こう。教室に独り残り絵を描いていた。当時の子どもの絵は戦闘場面一色だった。戦車を描き火炎放射器を描き、それにことごとく日の丸を描いた。先生が来たので褒めてもらおうと思い意気揚々とその絵を見せた。ところが先生は日の丸を指し、「この旗は大切な旗や、汚いことに使こたらあかん」と言う。「汚いことやない。聖戦やで」と言い返したのを覚えている。

先生は何にも言わず、ちょっと悲しそうな顔をしたのでそのまま止めてしまった。大人になってから、あの時代にあんな危険なことを女の先生がよく言えたと思ったものだ。本当の心を持ち続けていた方だった。いま思っても胸が熱くなる。いろんな記憶が混じり合って出来上がった記憶かも知れない。でもあの先生は戦争が嫌いだったのだと思う。

そのうち敵機が上空を飛ぶようになった。高射砲がそれを迎え撃つ。幾つもいくつも高射砲の爆発の印が空に広がっていた。そんな光景を見ても怖さは感じなかった。戦争のまっただ中にいたのだが、幼い心は戦争と無縁でいたようだ。いろんな遊びを覚えていった。駆逐・水雷という集団ゲームが人気だった。帽子の鍔を前にして被れば「本官」、横にして被れば「駆逐」、そして後ろに被れば「水雷」。水雷は本官に勝ち、本官は駆逐に勝つ。そして駆逐は水雷に勝つ。相手の本官を皆とらえた方が勝つわけだ。一年生なりに工夫して戦ったものだ。駆逐をおとりに出し本官が誘いに乗って出てきたところを水雷が襲ったりした。校庭の正面に奉安殿なる建物があり、この前を横切るときは誰でも最敬礼しなければならない。これが遊びの中に取り入れられ、奉安殿を横切るのも戦法に取り入れられた。敵が最敬礼している間に姿を消そうというのだ。

男の子と遊んでいたが、仲良かったのは女の子。これは名前をよく覚えている。花岡さんという。帰る方角が同じだったのでいつも一緒だった。二人とも仲良しを認め合っていた。あっちゃんより、ハルちゃんより、ケイコさんより好きな子だった。そしてその子には担任の先生が好きなことは内緒にしていた。

そのうち虫取りを覚えたので網を持って飛んで歩いていた。町中でもトンボはいっぱいいた。

我が家の前の道でもヤンマが日暮れに飛んでいた。ケイコさんはヤンマを捕るのが上手で、道を掃いている熊手を使って何匹も捕ってくれた。道の真ん中にきれいな色の虫がいる。網を被せようとするとすうっと逃げてまた地面でじっとしている。追いかけるとまた少し逃げる。なかなか捕れない。ケイコさんが出てきて、その虫触ったらあかん。咬まれたらいたいでぇと言う。そんな場面を覚えている。道オシエというう虫だ。斑猫と知ったのはずっと後のことである。こいつに咬まれると猛烈に痛い。

ケイコさんと夜店へ行った。いや、連れて行ってくれたのだ。夜店ではたらいに水を張り、セルロイドのボートを浮かせ走らせて売っていた。欲しくてたまらず、いつまでも眺めていた。ケイコさんは、作ったげるから帰ろと手を引っ張る。で、不承不承ついて帰った。帰ってセルロイドを船の形に切ってもらい浮かべてみた。それだけじゃ走らない。ケイコさんがセルロイドの船に何か付けた。すると船はくるくる回る。不思議で不思議で仕方がなかった。あれは樟脳を付けたのだ。

お菓子が身の回りから姿を消しだした。饅頭類は砂糖が統制品になってからは店頭から姿を消した。駄菓子屋で売っているお菓子はニッキの根っこだけになった。食料がどんどん乏しくなり、お米も無くなってきた。それでも麦だのがまだあった。灯火管制といって電灯を黒い布で覆って敵機に光を発見されないようにしていた。そしてとうとう大きな転換の日が来た。神戸大空襲と呼ばれるB29爆撃機による攻撃があり、神戸の飛行機工場とその周辺は火の海になった。

母は父が帰ってこなければどうしようかと思ったそうだ。母より父がおびえていた。父は母と僕の身に害が及ぶのが耐えられなかったのだ。父は自分はともかく、母と子どもを神戸から逃さねばならないと決めていた。日ならずしてトラックが回され、家財道具を積んで、僕達は奈良へ疎開した。俗に言う縁故疎開で知り合いの家へ避難したのだ。

ケイコさんとも花岡さんとも会えなくなっていった。郡山駅からかなり離れた村へ移り住んだのだ。奈良京都は爆撃の対象にならないと信じられていた。

ここまでの記憶は、薄い幕が掛かっているような記憶で、しかもとぎれとぎれだ。

村の子

神戸が大空襲に遭い燃え上がった。それで父は僕と妹と母を奈良盆地へ疎開させる決心をしたらしい。

もっとも近い省線（今のＪＲ）の駅は郡山。それ以外、どこへ行っていたのかとんと分からない。郡山の駅から二時間くらい歩いた村の鎮守の社の横の大きな百姓家の離れが疎開先だ。今の地図から場所を割り出すのは難しかろう。国民学校は「かすがのみち国民学校」といった。隣村にあり、歩いて三十分以上かかった、と思う。村の中には大きな川が流れていた。そこへ流れ込む水路があちこちを走り、小魚が結構群れていた。

村の生活はとても気に入っていた。初めのうちは疎開者疎開者といじめられたが、日光写真だの、のらくろの漫画だの、蓄音機だのを見せて遊び仲間を増やしていった。いじめる奴は遊びに来させないと宣言したのが効いていた。

不思議なことに男の子がほとんどで、女の子は僕より年下の母屋の二人だけだった。村の子は遊びを知らない。そう思って呆れた。駆逐・水雷は知らないし、肉弾三勇士も知らない。坊主めくりもトランプも双六もやらない、と思っていた。

でも一週間と経たないうち村ほど楽しい遊びの場所はないとご機嫌になった。トンボはいる、蟬は捕り放題、あこがれの兜虫までいる。宝島の王様か冒険ダン吉になった気分だった。しかし、それは束の間、食べられないものを追っかけて捕るのは馬鹿だと悟った。

泥鰌を捕って帰ると母は喜ぶし、あいつは旨い、だから捕る。トンボをいくら捕ったって食べられない。鮒は煮たら美味しい、だから捕る。オイカワはからからに干してあぶると美味しい。小さい順に串に刺し干しあげ、仕舞っておいて食べる。蝉は干せないし佃煮にもならないから捕らなくなった。

こういう哲学が身についたから、遊びが遊びでなくなり、小さいながら職業意識に満たされていた。ワーカーホリック、いや、やっぱり楽しい遊びだった。

毎日、魚捕りに打ち込んでいた。泥鰌の姿を見つけると網を持ち出して掬ってみた。そんなに簡単に掬える訳はない。第一気配を感じただけでさっと泥の中に姿を消してしまう。何度も失敗し一日かけてやっと一匹か二匹捕れただけだった。村の子に見られて馬鹿にされた。そして泥鰌の捕り方を教えてもらった。

泥鰌は掻いぼりして捕るのだという。掻いぼりというのは土で堤防を築いて用水の一部分を遮断し、その間の水を掻い出してそこにいる泥鰌を捕まえるやり方だ。

道具はスコップとバケツ。二メートル幅の用水路があり、水が淀んでいて泥鰌の姿が見えたらもうしめたものだ。用水路を二カ所土を盛って遮断する。長さは五メートルくらい。それ以上長くすると水を掻い出すのが大変だ。水を汲み出してしまえば泥鰌は容易に捕まえられる。一網打尽だ。なるほどこのやり方は、楽しいし効率的だ。一カ所掻いぼりして隣も掻いぼりする。場所を変えて飽きるまでやった。半日やれば結構捕れた。

もっと良い方法が無いかと考えた。あった、あった。用水路の泥鰌を一カ所に追い詰めそこを掻ぼりする方法だ。追い詰める場所を決め、そこに土を積み上げて仕切りを作り、バケツで水を汲み出せばいい。やってみたらいや捕れた捕れた。

しかし独りでやるのはとても大変だった。そこで、のらくろの本を見せ日光写真のやり方を教え共同経営者を手に入れた。獲物を半分分けするのは仕方がない。でも二人でやるのだから、遊びながらやれた。捕れた泥鰌をバケツに入れ草むらに隠してどろんこになったシャツとズボンを穿いたまま川で泳いだ。こいつには雷魚釣りを教わった。

雷魚は台湾泥鰌といい、白身の旨い魚だ。小さな蛙に針を背負わせて沼の水面に放つ。蛙のやつめ、こっちの魂胆を知らないから水面を泳いで沼を横切ろうとする。そいつを見つけた雷魚が一呑みにすると針にかかるという寸法だ。

おやつは自給自足だ。まだまだ青いエンドウ豆は甘くて美味しい。十個ほど莢を採ってきて一粒ずつ食べる。こんな味は知らなかった。

マクワウリは、川の底へ網の袋を沈めその中へ入れて冷やしておく。西瓜は川上で畑から川へ落とし僕たちは西瓜と共に流れて下ってゆき河原で割って食べる。桃もなったがこれは警戒が厳重で手に入らなかった。収穫して全部町へ運ばれていった。

河原茱萸は夏茱萸。びっくり茱萸といって大きい。渋さが抜けると結構美味しい。でも油断をすると全部小鳥にやられてしまう。

トマトは畑の草取りを申し出れば、二つや三つ貰って食べられた。村の大人達は子どもが食べるおやつくらいは、無くなるのを計算に入れていた。

毎日毎日畑の中の道を通り、隣村の学校まで通っていた。学校の帰りに鮒が水たまりに群れているのを見つけると、それからは駆け足で帰り、網とバケツを両手にぶら下げて鮒を捕りに戻った。学校で何を勉強していたのか、全く覚えていない。

明けても暮れても魚を追いかけ回していた。神戸の街から持ってきたレコードも漫画の本も、全部青空と風の中へ散っていき、気がつけば僕は村の子の中にいた。

てのひら

冬の記憶はほとんどない。覚えているのは不思議なことに学校での出来事だ。勉強したり、遊んだりしている記憶ではない。

三十分、いやそれ以上かけて歩いて通った。実際はうんとかかったのだと思う。まっすぐ学校へ行くはずはないし、まっすぐ帰るはずもなかった。昼食はどうしていたのだろうと思う。まっすぐな道をどんどん歩いている光景しか覚えていない。

たったひとつ、この光景が変わる場所がある。畑の中に煙が上がっている。なんだろうと近寄っていった。村の人が何か燃やしている。楽しそうで暖かそうで、手伝って良いかと訊いた。頷いたので藁を火に投げ入れ投げ入れして遊んだ。ひとしきり燃やしたら、火は静かになり風が来たときだけ、パアッと赤く息づいた。だんだん息づきが小さくなり、ふうっと消えていってしまい、それっきり。村の人は、朝飯だといって、芋の焼けたのを掘り出して火を払ってひとつくれた。もう北風だったと思うが、寒い風に吹かれながら食べる芋の熱さの旨かったことったらなかった。

「がっこへいかへんのか」と訊いたので、「いかへん」と答えると、「あかん、いけぇ」と怒った。こくんと頷いたら、焼き芋をもうひとつくれた。懐の中で温かく、なんだか元気になっていた。どうやって教室に紛れ込んだか覚えていない。休み時間に防空頭巾の中に隠してある焼き芋にそっと触って喜んでいた。いつ食べたのだろう。どこで食べたのだろう。

記憶のかけらすら残っていない。ただ、風が来るたびにぼうっと明るくなる火の息づきだけを覚えている。

もうひとつが冬休みの宿題。発明工夫が宿題だった。当時の世相の反映だろう。国の役に立たねばならぬことが子どもにも分かる時代だった。面白いことに、宮城遥拝と米英撃滅は村の学校では無縁だった。でも、村から予科練に行く若者が出ていたし、出征もしていった。母屋の兄ちゃんは、まだ兵隊に行く歳ではなかったのだろうか。

正月は父が来ていた。冬休みの宿題の発明工夫の話をするとどんなものを作りたいのだと訊く。その頃困っていたものに母の肩叩きがあった。ちゃぶ台の上に本を乗せ読みながら肩を叩く。面白いところへ来ると、夢中になり、手がおろそかになって母に催促された。本を読みながら空いている脚で肩を叩く方法がないかとしきりに思っていた。父に何を作りたいのだと訊かれて「肩叩き」と答えたのは、この思いからだ。

父はエンジニアだったから、僕のとりとめのない話を実体化してくれた。設計図が一枚。子どもにも分かる作り方の図解。材料一覧。道具一覧。それで作り始めた。独りで作ったつもりだが父がかなり手を加えたのだろう。国民学校の「発明工夫展」で賞状を貰った。

ほんとは実物を作りたかったのだが、作ったのは模型。柱二本に横木が渡してあり、この横木に肩叩き棒がついている。肩叩き棒の先に綿を丸めて布でくるんだのがつけてあった。足踏みペダルと肩叩き棒は糸でつないであり、足踏みペダルで肩叩き棒を引っ張って肩を叩く仕組みだ。

「勉強しながら親孝行」なんてものじゃなかったけれど、父と一緒に作れたのが嬉しかった。その後肩叩きの手がおろそかになると母は早くあの機械作って頂戴ねと催促するようになった。機械のことだと思っていたら、肩叩きの手を休めるなということだった。それが分かったのは中学生になってからのことだった。

田舎の冬は何にもすることがなかったみたいだ。それでも草履の作り方を教えてもらっている。藁を叩いて柔らかにし、細い縄と太い縄を作り、藁草履を作る。「分家のおじ」っていう年寄りが教えてくれた。

これは大人になってもずいぶん役に立った。川釣りに行く時わらじを作っておき、川へ行ったらそれに履き替えるのだ。わらじを作るのも特殊技能になってしまった。良いわらじは、うんと藁を叩き柔らかにしておかねばならない。何事も良い材料を揃えておくことだと、「分家のおじ」から習っていた。

「分家のおじ」は分厚いてのひらの持ち主で、煙管の火種をてのひらに落とし、新しい煙草を詰め火で吸い付ける。わらじを仕上げるとかならず一服つけていた。あのてのひらは懐かしい。

牛

僕の記憶の中で、春は牛の鼻面の冷たさから始まる。

冬の間に牛とすっかり仲良しになっていたらしい。便所に入って牛が覗くと、壁を叩いて追い払うことも覚えた。誰もが牛を追い払うのに壁を叩くんだ。だから、壁が破れていくんだ。竹を組んだ骨だけが残り、壁土が全部落ちてしまっている。去年の夏は鍋の蓋くらいの広さだったのが、今は釜の蓋くらいになっている。

牛は怖くなくなったが、困ることが出来た。冬の間は肥を汲まないので溜まり、うんちをするたびに飛沫がお尻にかかって往生する。それもすぐに慣れ、うんちをするとすぐお尻を持ち上げて防ぐ技術を身につけた。偉いものだと思う。夜でも牛がいても便所に行けるようになっていた。少国民だもの。

牛は鼻面に輪が通してあり、そこの近くの綱を持つとよく言うことをきく。可愛くなって草を取ってきてはやる。牛小屋へ僕が行くとふうっと息を吐きながら寄ってくるようになった。

母屋の兄ちゃんに牛を川へ連れていてやとよく頼まれる。川へ連れて行って草を食べさせるのだ。牛の奴僕と一緒だと良いことがあるから、僕が好きなんだ。母屋の兄ちゃんはそのうち、僕に牛の糞の始末をさせるつもりらしい。牛は好きだけどまだ糞の掃除をするほど好きじゃない。

今日から田起こしだ。母屋の兄ちゃんが支度をしている。僕は牛のかかり。田んぼまで連れて行く。兄ちゃんは大きな鋤を荷車に積んでいる。荷車はきいきい嫌な音を立ててついてくる。牛はやたら鼻面をこすりつけようとする。はしゃいでいるようだ。春が始まったのが分かるのかな。僕はいつの間にか半ズボンから長ズボンに変わっている。おまけに今日はゲートルを付けている。長ズボンの裾を折りたたみ、ゲートルの端を巻き付け、一度巻いて折り返しまた巻く、この繰り返しを膝の下まで続ける。脚だけは兵隊になったみたいだ。きっと何度も練習したのだろうが、すっと出来たように思っている。ところで子ども用のゲートルはどうしたのだろう。売っていたのだろうか、手作りだったのだろうか、それにどこへいってしまったのだろう。

ゲートルの下は手製のわらじ。すっかり村の子だ。牛を連れていると村の誰もが道を譲る。在郷軍人会の軍曹まで道を譲る。とても偉くなった気分だ。牛の奴は僕が好きなのでよく言うことをきくし、晴れているし、ご機嫌だ。

田んぼに着いた。稲の刈り株が一面に広がっている。田んぼの隅に大きな鋤を据え付け、牛をつなぐ。これは兄ちゃんでないと出来ない。牛はつながれている間に去年の仕事を思い出したんだろう。のっそりがしゃっきりに変わっていった。でも動くのはゆっくりだ。田んぼの土を裏返しながら、ゆっくりゆっくり向こうへ行く。向こうへ行ったらまたゆっくりゆっくり戻ってくる。母屋の兄ちゃんは牛使いが上手だ。兄ちゃんは牛に優しくはしないけど、牛はよく言うことをきく。どうしてだろ。

友達の作蔵が来た。「田起こしかあ?」って訊くから、「おーい」って答える。「おらんとこもだ」と怒鳴る。あの「おら」って言うのはどうも気にくわない。「それに牛を曳いてないじゃないか、まぬけめ」と心の中で怒鳴る。友達だけど作蔵は嫌いだ。楽しい気分に風が吹き出し、楽しくなくなってきた。あいつは、嫌いだ。どうしてだろ。

その晩田起こしの祝いが届いた。白米とタニシの煮付けだ。両方とも旨い。まだタニシの捕り方を知らないので覚えてやろうと思った。タニシは田んぼの水を落とすときに捕り、田んぼに穴を掘って、囲っておくと春まで食べられる。田んぼも手に入れなきゃならない。どこの田んぼがいいだろ。家の近くがいい。タニシを囲う分だけだから、ほんの少しで良い。何とかなると思って考えるのを止めた。春が始まり、体も頭も騒いでいた。

菜の花

あれは疎開して初めての春休みのことだった。

菜の花は大好きな花。畦だの畠だの川っぷちだのへサアッと黄色が広がってゆく。裏の畑の片隅に蕾を付けたかと思うと、分家のおじやんの横の畑や鎮守の社の入り口だの作蔵の家の畑だの、村中に広がっていく。どこまで広がっていくか、調べに行った。水門のところはすっかり花盛り。その向こうの畑にも黄色が広がっている。弁当を持って調べに行かねば駄目だ。弁当を持って、遠くまで調べに行けるのは、作蔵しかいない。誘ってついてくるのは作蔵しかいないじゃないか。嫌だ、やっぱり嫌だ。作蔵と遊んでいると意地悪したくなるから、嫌だ。

菜の花が増えていって、調べきれなくなりそうで困った。やっぱり行こう。作蔵に水門のところで待っているから、と言ってとっとと独りで水門のところへ行った。作蔵と遊ぶと作蔵の母ちゃんはいやに親切にしてくれる。それも嫌いだった。

水門の上に腰を掛けて脚をぶらぶらさせながら、作蔵に訊いた。作蔵は川を覗き込んでいる。水に映った作蔵の脚もぶらぶらしている。「さくぞー、菜の花の咲いてるとこ知らへんか」「しっとー」「どこや」「おらのおとうのはたけ」「あほや、もっと遠いとこ」「あそこや」と水門の横の畑を指さす。だから嫌いだ、作蔵は。

「もっと遠く、いっぱい咲いている畑、知らへんか」と僕。作蔵は息が苦しくなるくらい考えて、知っとるという。学校より遠い、汽車の駅の方だという。決めた、菜の花を見て汽車を見に行こう。作蔵は、菜の花はともかくとして汽車を見に行きたそうだった。

弁当が要る。作蔵にそう言うと、「うん、つくってもらう」と言う。作蔵の家の弁当は旨いに決まっている。僕のも作ってもらいたい。でも、母ちゃんに知られたら嫌だ。よその弁当食べたがったと知ったら、母ちゃんは悲しがると思って我慢した。

「さくぞー、明日汽車見に行くて、帰ったら言うんやぞ、ええか」「うん、きしゃみにいく。べんともっていく」「弁当と水筒やぞ」「うん。べんとーとすいとーや」

作蔵は、帰ると「あした、ゆりの子と、きしゃみにゆくねん」と母親に言っている。作蔵の家では僕のことを「ゆりの子」って言ってるんだ。でも作蔵まで言うことないじゃないか。僕は作蔵の母ちゃんから、明日連れてってくれてありがとう。たのむわと頼まれた。頼まれたからには作蔵を連れて行かねばならない。やれやれやっと作蔵と行く決心がついた。

次の日、水門のところへ行ったら、作蔵はもう来ていた。僕はゲートルを巻いて戦闘帽を被っていった。自分でも立派な身なりだと思っていた。村の中では戦闘帽を被っている奴なんかいない。なにしろ陸軍中尉の贈り物だから、すごい。帽子の裏側に贈長介君　陸軍中尉　設楽信弥と書いてある。

　作蔵の道案内で出かけたが、どうにもこうにも分からなくなり、大人に尋ねることにした。「菜の花のいっぱい咲いているところ」って訊いても、ほらそこにもいっぱい咲いとるしと答えられてお終い。作蔵は役に立たないし、分かっていて連れてきた自分にも腹が立つし、泣きたくなった。仕方がないので汽車を見に行くことにした。これは簡単に見つかった。畑にいたおばちゃんに「汽車の停車場どこや」と訊いた。その丘の向こうに川がある。その川の向こうと教えてくれた。丘に上がって驚いた。すぐ下の川の向こうは一面菜の花の黄色に埋め尽くされていた。作蔵は嘘を言っていなかった。

　かなり早いけど丘の木の下で弁当を食べることにした。弁当は半分ずつやぞ、ええかと言うと作蔵は良いと言う。作蔵のは竹の皮、僕のは竹籠に入っている。作蔵のはおにぎりに決まっているけど、うちのはなんだろ。芋かな、蒸しパンかな。開けたら二人ともおにぎりだった。作蔵のはまん丸にぎり、うちのは三角にぎりに胡麻が振ってある。おかずは作蔵のは卵焼き、うちのはイナゴの佃煮とオイカワの干物の焼いた奴四尾。母ちゃん、おごったな、ありがとうと思った。まん丸にぎりをひとつずつ、三角にぎりをひとつずつ食べた。イナゴは作蔵と捕ったものだ。卵焼きも美味しかった。僕のが蒸しパンだったら作蔵をまた嫌いになっていたかも知れない。

兵隊水筒の湯冷ましを飲んで、出発することにした。作蔵と向き合い「これより本官が指揮をとる」と言うと、作蔵はうんと言って敬礼をした。本官も敬礼を返した。

菜の花の中をどんどん進んでいった。どこまでも菜の花だ。「歩調とれぇ」と言うと、作蔵も「ほちょうとれぇ」と言う。菜の花は良い匂いを広げていた。菜の花の真ん中で、本官は小休止と号令をかけた。草原に寝ころんで、空を見ていると作蔵がはぁっとため息をつく。どうしたんだと訊くと、小便と答える。そんなの勝手にやればいい、だから作蔵は嫌いだ。

「各個に小便」と本官。「かっこにしょうべん」と作蔵。小便をしているとタニシが見つかった。それで小休止が大休止に変わった。タニシを捕っているうちに作蔵が大変なことを思い出した。春のタニシは食べちゃいけないと言うのだ。僕の知らないことを作蔵は時々言う。こんなとき困ってしまう。でも僕が知らないことで作蔵が知っていることがあるのを幾つか経験している。泥鰌が土の中にいるって言ったら、ほんとにいた。泥鰌の奴は丈夫な奴で水たまりでなくても大丈夫な奴だ。誰に訊いたと尋ねたら、父ちゃんと答える。作蔵は嘘を言わない。だから集めたタニシは全部捨てた。

遠くで汽車の汽笛が聞こえた。二人ともそれで汽車のことを思い出した。汽笛の方向へ、「歩調とれぇ」「ほちょうとれぇ」と進んでいった。停車場は町の真ん中にあった。柵の近くで汽車が着いたり出て行ったりするのを飽きずに見ていた。停まるときは凄い。しゅうしゅう言いながら、車輪を無理矢理停めるみたいだ。停まるまで肩に力が入ってしまう。出て行くときはもっと凄い。汽笛が鳴ってがたりと動く。がたり、がたり、がたりと動き出して、貨車を全部引っ張って出て行ってしまう。

汽車が出て行くと、改札口へ行って切符売るのを眺めたり、踏切へ行って踏切の閉まるのをわくわくして眺めた。作蔵は唇をぎゅっと結んで、見たことのない顔つきをしていた。もう帰らなきゃ、「いち、ご、〇〇時、分隊出発」「ぶんたいしゅっぱつ」「ほちょうとれぇ」「歩調とれぇ」と町を出て行った。菜の花畑を過ぎたところで小休止をして、取っておいたオイカワの干物を一尾ずつと卵焼きを一切れずつ食べ、兵隊水筒の湯冷ましを飲んで、「各個に突撃ぃ」と丘を登っていった。

この後どういうふうに帰ったのか覚えていない。風呂へ入りながら作蔵は良い奴だと思った。でもやっぱり嫌いだった。

嫌い

村の生活で嫌なこともあった。

まず蚤。こいつは嫌だった。柿の花盛りは蚤の出盛りなんて言葉も覚えた。蚤取り粉はあったがそんなものでは何の役にも立たないほどうんといた。蚊も縞のはっきりした藪蚊がいたが、こっちの方は蚊帳を吊れば防ぐことが出来た。痒いなと思うと蚤が潜り込んできていた。シャツを脱いで探し捕まえるのが上手になっていった。捕まえた蚤を殺すのも上手になった。指で押さえたくらいではつぶれない。畳に押しつけごりごりやっておいて爪でつぶしていた。村の子はそんなことしない。火の上へ放すと落ちて蚤はぷちっと爆ぜた。

二番目が百足。咬まれると腫れると教えられていたので極度に警戒していた。見つけて捕まえたら一升瓶に油を入れ、その中へ漬けておいた。やけどの薬に使うのだそうだ。一度もやけどをしなかったが、したってあんなものつけるの嫌だった。

三番目が牛。便所は家の外にあり、隣が牛小屋だった。便所と牛小屋の間の壁は崩れて壁土が無くなっている部分があった。しゃがんでいると牛の大きな目が覗く。牛にお尻を舐められそうでおちおちしゃがんでいられなかった。牛が野良へ出ているのを見計らって便所へ行った。

四番目が蛇。野原や田んぼにいる蛇はたいしたことなかった。棒を持って追っ払えばそれで済んだ。棒が無ければしっぽをつかんで遠くへ放り投げれば良かった。川へ投げ込んだ蛇が体をくねらせて泳ぎ川を渡っていったのを珍しい泳ぎ方だとびっくりして眺めていたことがある。嫌だったのは、家の中にいる蛇だ。大きくて薄白いのが梁の上にいたり、タンスの後ろへ這い込んで行ったりしていた。守り神だと言われ絶対に手を出せなかった。こいつが鼠を捕ったのを見たことがある。きききっという声がするので行ってみたら庭石の上で、我が家にいる蛇が鼠を呑もうとしていた。もがかなくなった鼠はゆっくり蛇の口へ消えていった。青大将が猫の代わりをしていたのだ。

五番目が天理教。大和には天理教の本山がある。母屋の宗教が天理教である。ことあるごとに天理教のお祈りに参加させられた。「あしきをはろうてたーすけたまえ。てんりぃおうのみこと」と節を付けてとなえ、舞うような仕草をする。あれは困った。

六番目が食べ物だ。量はともかく、同じものばかり、食べなきゃならないのは参った。茄子が出始めると朝昼晩、茄子。おかずが茄子の煮たのでご飯が茄子を茹でて皮を剥いたもの。味噌汁が茄子で、漬物が茄子。サツマイモづくしの方がずっとましだった。裏の藪でタケノコが採れ出した時は、タケノコ一本槍。桃が採れ出せば朝昼晩桃、桃に桃。

こんな事を我慢すれば田舎の暮らしは楽しかった。学校へは歩いて行った。何をしたかどんな先生だったか、全く覚えていない。学校で何をしていたのだろう。見事に記憶が消されている。

蛭

田の水が熱くなり出した。蛙が増え出しどこもここも跳ねて飛び込んで、蛙だらけだ。村へ来た頃は、蛙が水に飛び込むと、どこへ行ったのか分からなくなったが、今は違う、泳いでいる姿を見つけることが出来る。蛙は利口なのか馬鹿なのかよく分からない。ぷかぁと浮かんで何か考えている様子をしていたり、半分泥に潜って隠れるようにしていたり、よく分からない。蛇が来たら、逃げればいいのにわざわざ食べられに行くみたいな泳ぎ方をする奴がいる。

明日は、田の草取りを手伝うことになっている。母屋の兄ちゃんは田の草取りも僕に教えたいのだ。母屋の兄ちゃんが一番最初に僕に教えたのは、牛の扱いだ。牛に触るのを怖がったら、一日牛小屋にくくりつけると脅かされた。なんだかほんとにやりそうなので、牛に触ってみた。牛の毛皮はかたい。母ちゃんの狐の襟巻きみたいに柔らかくない。牛には触られると嬉しい場所と嫌な部分があるのが分かってきている。耳の根っこは良いけど角は駄目だ。それに後ろから合図して動かすのは難しいが、鼻の輪に通してある綱を引っ張れば素直に言うことをきく。もっと良いことを覚えた。牛に優しくすれば牛は寄ってくるようになる。牛から近寄ってくれば、もう怖くない。この頃は牛の甘えるのが分かる気がしだした。牛は一日中食べているので、いつだって川へ連れて行って草を食べさせられる。草を刈ってきて食べさせるより、連れてきて食べさせる方がいい、僕も遊べるし。

川には小さな流れがいっぱい注ぎ込んでいる。小さな流れは所々に足踏み式の水車が付いている。村の人は足踏み水車を踏んで水を田に上げている。ゆっくりゆっくり踏んで水車を回す。水車が回るたびに、水はざうざうと田へ零れていく。きらきら光ったり、たらたら垂れたり、水の奴も忙しい。水が田に上げられると苗もしゃっきりするみたいだ。蛙が泳ぎ出し、蛇がやってくる。蛇がくねくね泳いでいるときは、急いでいるときだ。まっすぐになり、すうっと寄ってくると、ぱくりと蛙をくわえる。すると蛙が一匹減る。蛙を減らしてまたどこかへ行ってしまう。蛙は一匹くらい減ったってどうってことないみたいに、浮いたり潜ったりしている。

この村の水は、みんな静かだ。ゆっくりゆっくり動いている。水藻もゆらゆらしていない。水藻は白い花が咲いているときがあるが、咲いたまま揺れないでいる。川海老が藻に止まっているのも見える。手長海老は見えるところには出てこないが、川海老はよく藻に止まって髭を動かしている。そんなとき川海老の胴は透き通って見えるみたいだ。一度分家のおじの家でご馳走になったが、川海老の揚げたのは、そりゃもう旨い。母ちゃんに作ってもらいたいのだが、あんまり無理は言えない。油は統制品なので、闇でないと手に入らない。村だと闇でも手に入らない。だから、川海老を沢山捕っても天麩羅に揚げてもらうわけにはいかない。

川海老は目を離すと、すっとどこかへ消えてしまう。水車を踏んでいる村の人みたいだ。村の人がいなくなると、田んぼには日が照っているだけ。田んぼが湯を沸かしているみたいだ。シオカラトンボが飛んできて、苗の葉の先に止まり、じっとしている。時々、はっと飛び出しくるりと回って元の苗の葉先に戻る。小さな虫を捕まえたのだ。川を覗いたり、田んぼの蛙をかまっていたりしているうちに、牛は綱の届く限りの草をまるく食べてしまう。そろそろ帰る時間だ。帰って田んぼへ入り、草取りの練習をしてみるのだ。まだ一度も夏の田んぼへ入っていない。田植えの時入った田んぼは、ひいやりして心地よかった。田んぼの水が温まると蛭が湧いてくる。まだ蛭に吸い付かれたことはないが、気持ちの良いものではない。ひらひらひら体をくねらしながら泳いでいるのを見ては、好きになれない。

母屋の兄ちゃんは、蛭なんぞに気をとられていたら田の草取りは出来ないって言う。その癖、蛭に血を吸われて血が足りなくなるとたいへんだとか、血を吸った蛭をすぱっと切ると血がどっと溢れるとか、嫌なことばかり言う。僕が顔をしかめると母屋のみんなはにやにやする。僕の嫌がってるのを嬉しがってるみたいだ。母屋のちびの妹まで、「蛭なんかへいきや」と余計なことを言う。みんなが田に入っているのだから、僕だけ蛭がいるから田に入るのは嫌だとは言いにくい。

田植えの時も、前の日に練習しておいたのですぐに田に入れた。田の泥のぐにゃっとした感じは慣れれば大丈夫だ。一度夏の田んぼに入っておけば、何とか蛭の対策も立つだろう。蛭は変な奴で探すといない。この田んぼもずいぶん探したがいない。

牛がもうぅおと鳴く。僕を呼んでいるのだろうか。寂しいのだろうか。まだよく分かっていない。

牛を連れて帰る途中、作蔵に会った。作蔵に田の草を取ったことがあるのかと訊いたら、あると言う。蛭は怖くないかと訊くと怖くないと言う。変な奴だ。蛭が来たら追い払えと言う。作蔵に蛭に吸い付かれたらどうしたらいいかも訊いた。作蔵は叩けと言う。叩いて落ちなければもぎ取れと言う。至極簡単だ。作蔵と話していたら少し安心してきた。作蔵は嘘を言わないから、蛭って怖いものでもなさそうだ。母屋のちびの妹にもう馬鹿にされることはないだろう。

今日は田草取りを手伝う日だ。よく晴れて暑い。鎮守様の森では蟬がしゃあしゃあ鳴いている。母ちゃんが麦藁帽を用意してくれている。首に巻く手ぬぐいも二本出ている。わらじは自分で作ったものだ。

なるべく蛭のことは考えないようにして歩く。それでもすぐあのひらひらひらひら泳ぐ姿が浮かんでくる。光がきらきら降ってきて眩しい。眩しくて暑い。こんな日は水門で泳いだら気持ちがいいなと思う。

田んぼへ着いた。田んぼへ脚を入れると水は湯みたいだが泥はひいやりしていて気持ちがいい。そんなに嫌な感じはしない。これならいいや。母屋の兄ちゃんが「蛭や、にげえ」と大声を出す。あわてて畦へ上がろうとしてすべって泥だらけになった。母屋のおばあが「ちょけたらあかん」と兄ちゃんを叱ったが、おばあまで笑っている。みんな僕が蛭を怖がっていると思っているのだ。

蛭のことを考えず田の草を取れるようになった。一生懸命取っていると時間の経つのも早い。もうすぐお昼だ。畦に上がろうとして脚を見たら、蛭が吸い付いていた。どうしようか、どうしようかと思っていたら、作蔵の話を思い出した。叩けって作蔵は言った。ぱしっと思い切り蛭を叩いた。蛭は丸く膨れあがった。取れなかったらもぎ取れって作蔵は言った。丸くなった蛭をもぎ取って捨てた。

母屋のちびの妹がびっくりして見ていた。

田植え

疎開してきて、国民学校三年生になった。どうやら村の生活にも慣れ始めた。父の知り合いが大きな農家の息子なのでそこに疎開してきているのだ。田舎は冬より春が楽しい。夏はもっと楽しい。その夏が来た。

蛙がうるさいくらい鳴く。寝ていても聞こえてくる。畑の向こうの分家のおじの田んぼの蛙だ。耳を押さえて枕に押しつけても聞こえてくる。飽きもしないで、かっかっかっかっと鳴いている。鳴いている時は、両手両足を垂らして浮いてはいない。一生懸命鳴いているはずだ。

蛙はいつの間に増えるのだろう。冬の間はいるのかいないのか分からない。土の中に潜っているって、母ちゃんは言うけど見たことがないから見当がつかない。田んぼに水を張ると急に増えて、鳴き出す。田んぼに寒天みたいな透明な紐が出来て、それがどんどん増えていく。黒いプチプチが紐に出来てほかの紐に移っていく。あれで蛙は増えていく。卵って丸いものだが、紐みたいな卵だ。蛙の卵の紐がほどけて、オタマジャクシがうじゃうじゃ、散らばり始める。

黒くって小さいのがしっぽをふりふり右往左往している。田んぼの泥を半分被ってうつらうつらしている奴もある。

タガメって凄い虫がいる。オタマジャクシなんかすっと捕まえて食べる。羽はつやつやして磨いたみたいだ。大きなあごで食いついて放さない。食いつかれたオタマジャクシは、はじめひくひくしているが次第に動かなくなる。血を吸われてしまったのだろうか、オタマジャクシには血があるのだろうか。タガメに捕まったくらいでは、オタマジャクシは減らない。どんどん増えていく。みんな蛙になって、かっかっかっかっと鳴いている。うるさいわけだ。

田んぼに水が入って、兄ちゃんが田植えの準備を始めた。毎日田んぼへ行って苗を集めている。苗ばかりの田んぼだ。田んぼの隅に苗が集められている。ここの田んぼもあそこの田んぼも全部そうだ。いつの間にこんなに苗を配ったのだろう。

今日は、大人がいっぱい来ている。僕の母ちゃんまで手伝いに出ている。分家からも来ている。会ったことはあっても名前を知らない人が来ている。みんな田植えの手伝いだ。子どもは田植えをしない。したいなと思ったけど巧く植えられないみたいだから我慢した。子どもは苗を運ぶのだ。どうするのかな。兄ちゃんは苗の束を持って「呼ばれたらこれを持って行け」と言う。苗の植わっているところを通ってはいけない。後ろから行けと言う。苗運びだ。輜重兵だなと言うと、分家のおじがえらいなと褒めた。みんな苗の束を持って一列に並び植えだした。三本ずつくらい持ってすっと田んぼの泥へ立てる。もうそれで苗は植わったのだ。左手の苗の束からまた三本くらい抜いてすっとさす。僕の仕事は苗が無くなりそうな人のところへ苗を運ぶ役だ。忙しい、忙しい。田植えなんか見ていられない。あんまり急いで転んでどろんこになった。お兄ちゃんが、はやくやれぇと怒鳴った。母ちゃんが振り向いて心配そうな顔をした。

お昼はすぐにきた。分家のおばとばあちゃんが、にぎり飯と箸を運んできた。餅箱にいっぱいのにぎり飯だ。沢庵もある。佃煮もある。

ちびの妹がやっこらさと、薬缶を運んできた。湯冷ましとお茶だ。

むしろが敷いてあって、腰を下ろして食べ始めた。ばあちゃんは、「この佃煮はぼんの掬った魚」と言う。いつ掬ったのかな。

そうだ、あれはちびの妹を連れて細い川へ行ったときのことだ。川の両岸からわさぁと伸びた草が茂って、川幅を隠している川だ。いつもはちょっと気味が悪い川なのであまり行かないようにしている。この日は、ちびの妹が一緒だったので、「止めようか、怖いやろ」と言ったら、「いいんや」と言う。「いいんか」と訊くと、上目遣いをして、「うん」と頷いた。大きな網を使ってざぶざぶ、ざぶざぶと掬ったが大きいのは、ひとつも入らん。「雑魚ばかりじゃあ。捨てよか」

と言うと、「いいんや」とちびの妹が言う。持っている籠に移せと言う。何十回やっても大きいのは入らん。小海老や諸子ばっかり。上を見ると女郎蜘蛛が巣を張り巡らしている。いやや、あれはかなわん。早く広いとこへ出ようと急いだが曲がりくねって出られん。ちびの妹は、平気な顔をしてついてくる。「怖ないいんか」と訊くと「いいんや」と答える。

笊いっぱいに雑魚が溜まっている。海老は透き通っていて、諸子は光っている。それが今は佃煮になって目の前にある。雑魚でも捨てんと集めておけば、結構な量になる。ちびの妹には、あの籠は重たかったろうと思う。

佃煮を沢山食べて、にぎり飯も三つ食べた。お茶も二杯飲んだ。もう、はち切れそうで蛙の腹みたいだ。

本当に蛙の腹はぱちぱちになる。麦藁を尻に突っ込んで吹くと蛙の腹は膨れる。膨れて歩けなくなる。ぽいっと水に放り込んでやるとしばらく浮いている。しばらくぽかぁんと浮いていて腹がしぼんでしまうとすうぃっと泳ぎ出す。腹が膨れていたときのことを忘れて泳ぎ出すのだ。

兄ちゃんが蛙を捕まえて、煙管を掃除した脂を口に押し込んだ。蛙は水の中でひっくり返るみたいな泳ぎ方をした。おばあが「かわいそうなことすんでねえ」と叱ったら、蛙が胃袋ごと吐き出した。腹を膨らましたのは、あまりかわいそうでないな。

午後は、せっせせっせと働いて、すぐに日暮れがきた。三時のおやつ以外は休まない。大きな薬缶のお茶はすぐからになった。お茶請けの馬鈴薯は甘く煮てあって旨い。さっき腹いっぱい食ったのにもう入る。蛙はぽかんと浮いているだけだから腹は減らないのだろう。

苗が揃って風に吹かれている。ずうっと向こうの田まで風が広がっていく。植え終わった後の田んぼは、炊きたてのご飯みたいでまっさらだ。みんな畦に並んで、万歳を三唱した。

夜は、母屋でご馳走が出た。久しぶりにタニシが出た。これは大好き。醬油の味の良く染みたタニシは旨い。これだけでご飯を食べるのが好きだ。おばあは、「タニシは、田主さまだぞぉ」と言う。タニシが出るたびに田主さま田主さまと言うので、すっかり覚えてしまった。

久しぶりの白いご飯なので何杯も何杯もおかわりした。お腹がぱちぱちになって蛙みたいだ。苦しいのにまた食べた。あんまり食べたので気持ちが悪くなって母ちゃんより先に帰った。帰って寝たけど気持ちが悪い。縁側まで這っていって、吐いた。煙管の脂を吐いた蛙みたいな気がして、じっとしていた。

鎮守の森

家の前が鎮守の森だ。道路を隔てて鎮守様の裏手の堀がある。堀っていってもずいぶん細くなり、浅くなり、子どもでも跳び越せる。鎮守様へはこの堀を飛び越して入っていく。堀の向こうは低い崖で、その上は雑木林だ。堀の上にはエゴノキが二、三本生えていて、梅雨の頃には白い花を降らす。星形の花が崖にいっぱい積もって土が見えなくなる。ひとつふたつと水にこぼれた花はいつまでも浮いている。

堀の崖を上がったすぐのところは雑木林だ。櫟だの楢だのが生えていて落葉や小枝が積もっている。僕や賢ちゃんの仕事にこの小枝拾いがある。七輪に火をおこすには、焚きつけがいる。焚きつけには薪を細く割って使うが、小枝の枯れたのもよい。小枝の枯れたのや落葉の方が火がつきやすい。その焚きつけを拾いに鎮守様の林に子どもはやってくる。毎日来るのは大変だから、まとめて拾っておくのだ。

大風が吹いた翌日は、小枝がいっぱい落ちている。大きな枝も落ちている。大きな枝は手で折ったり、足で踏んで折ったりする。折れかけた枝が木にぶら下がっていると、木の幹を足で蹴飛ばす。すると落ちてくる。大風の後は、沢山拾える。そんな日はみんながやってきている。

ちょっと遅く行くと少しも落ちていない。

林で賢ちゃんによく会う。家が隣だからだ。賢ちゃんも僕と同じ疎開者だ。そして東京弁をしゃべる。賢ちゃんは、とてもはしっこくて小枝集めが巧い。僕が小枝を見つけて拾おうとしているのに気がついたら、すっ飛んできて先に拾ってしまう。僕が小枝を集めて積んでおくとさっさと籠に入れてしまう。「僕がまとめといた小枝や」って言うと、「間違えた。落ちてるんだと思ったよ」と言って、小枝を二、三本返してよこし籠を引きずって行ってしまう。

でも賢ちゃんは好きだ。遊んでいても面白いし、いろんなことを知っている。いろんなものを見つけてくる。ずるい子だけれども一緒に遊ぶと楽しい。

初めて会った時、賢ちゃんがビー玉を持ってるかと訊く。ビー玉ってなんやと訊きかえすと、ラムネの玉をポケットから出して「これだよ」って言った。ラムネなら僕も持っている。ラムネを使うゲームには本気と嘘気がある。本気は負けたらラムネ玉を取られてしまう。嘘気はゲームの勝ち負けが決まるだけで、負けてもラムネ玉は取られない。賢ちゃんはどっちでもいいよという。じゃぁ、嘘気でやろうということになり、終わったら全部取られていた。「嘘気でやろうと決めたはずや」と言うと、返してくれたが、次からは本気やぞと約束させられた。

ラムネは、大勢でも二人でもやれる。片足が入るくらいの三角形を画く。二人でやるのだったら、ラムネ玉を五個ずつ、三人だったら三個か四個ずつ、五人だったら二個ずつ、三角形の中へ入れる。このラムネに自分のラムネ玉を当てて三角形の外へはじき出せば自分のものになる。その時、自分のラムネ玉が三角形の中に入ったままだと「死に」といってゲームからはずされる。誰かにラムネ玉を当てられても「死に」になる。参加者を全部「死に」にしたら、三角形の中のラムネ玉は、自分のものになる。ゲームは三角形から五メートルくらいのところに線を引き、まず順番決めから始まる。ラムネ玉を放って線に近い順からラムネ玉を放る権利を得る。一番の奴は、三角形の近くへ放る。二番目の奴は反対側の三角形の近くへ放る。後になるほど良い場所に放れなくなる。間違えて三角形の中へ転がせばそれで「死に」になってしまうし、前に放ってあるラムネ玉の傍へ転がれば、当てられて「死に」になる。ほかの相手のラムネ玉を「死に」にしながら、三角形の中のラムネ玉をはじき出し、全部無くしたら、ゲームは終わりだ。

賢ちゃんはラムネを放って当てるのが巧い。その上、ずるいことをやる。見つけて抗議すると元へ戻すが抗議しなければそのままである。トンボが飛んできているのに僕が気をとられ、よそ見をしている隙にラムネ玉を拾ってポケットへ隠してしまう。ポケットへ隠す前に見つけると、「置き直しだ」と言って置く。ポケットへ隠した後だと、僕の数え間違いだと言い張る。

東京ではみんなこんなことをするんやろか。

こうして毎日ラムネをやって一週間で僕のラムネ玉は無くなった。無くなったから出来ないよというと、嫌な顔をした。

「ラムネ玉、貸してやるからやろうよ」と言う。「貸してもらっても賢ちゃんには勝てないからやらない」って言うともっと嫌な顔をした。それからしばらく賢ちゃんとは遊んでいない。村の子はラムネをやらないから、賢ちゃんにはラムネの相手はいない。

賢ちゃんは魚捕りに誘っても行こうとしない。水門に泳ぎに行こうと言っても来ない。牛に触らせようとしても絶対に触らない。けれど面白いものを見つけてくる。鎮守様の榎の洞に鳩の巣があるのを見つけたのは賢ちゃんだ。鳩が卵を産んでいるという。賢ちゃんについて登っていくと巧く登れる。鳩の巣が見える。親鳩は留守で巣の中には白い卵が転がっている。

賢ちゃんは触ってみろよと言う。そっと触ると温かい。なんだかどきどきしてきた。賢ちゃんといると楽しい。卵を触ったり転がしたりしていると、「こらぁ、何しとるんや」と村の人が大声で怒鳴る。あわてて木から降りると二人して捕まえられた。「何しとったんや」と首をつかんで揺すぶられた。「鳩」と賢ちゃん、「卵」と僕。「お宮の鳩に悪さする奴は村から追い出すどぉ」と叱られた。「僕はついてきただけ」と賢ちゃん。「嘘や」と僕。村の人はそんなことどうでもいいような顔をして、「これからするんやないで」と二人を放してくれた。

賢ちゃんと遊ぶのは好きだけど、遊んだ後はなんだかがっかりする。またしばらく遊ばないだろう。

鎮守の社の回りは堀になっていて、深いところと浅いところがある。深いところには大きな鯉が棲んでいて時々浅いところに上がってくる。見つけると網を持ち出して追いかけるのだが、鯉はすぐ深いところに逃げていく。深いところは葦が生えていて子どもでは入っていけない。この葦にはヨシキリが棲み着いて子育てをしている。ヨシキリの巣は藁屑を編んだような軽い巣だ。見つけるのはとてもむずかしい。それにいつもヨシキリの奴、見張っていて、ぎょぎょぎょしと騒ぎ立てている。葦の葉にはよく孵りたてのヤンマが止まっている。背中の空色がまだ濡れていて翅も伸びきっていない。ほんとにヤゴから孵りたてのヤンマだ。でも見ているうちに翅をぴんと張り、光らせたかと思うとすいっと消えてしまう。蟬の孵るのも面白い。鎮守の森には蟬が沢山孵る場所がある。朝早く行くと地面から出てきたての蟬の幼虫に出合える。蟬もきれいだがヤンマの方が颯爽としている。蟬でもと作蔵に教えると一緒に飛んでいくまで眺めていてくれる。

鎮守の堀にはもうひとついいものがある。小さな蜘蛛が棲んでいるのだ。葦の葉を折り返して巣を作りその中に隠れている。こいつはオイカワを釣るのに良い餌になる。小さな蜘蛛に針を刺し流す。水面を流しても、水底を流してもブルブルッと来る。必ず来る。

この餌はほんとによく釣れる。蜘蛛の巣の餌は、持っていった数だけオイカワが釣れる。でも僕には蜘蛛の餌が付けられない。どんな小さな蜘蛛でも気持ちが悪い。作蔵に頼んで付けてもらう。作蔵は嫌がらない。何でもないって顔をして蜘蛛の餌を付ける。作蔵がいないときは、この釣りを諦めることにするしかない。

鎮守様のお祭りにはお神楽が出る。お神楽の舞台は時々村の人の集まりに使われている。そんな時は、あまり近づかないようにしている。母屋の兄ちゃんがいろいろ用事をさせられているからだ。用事を言いつけられているところを眺めていると睨まれる。だから見に行かない。

作蔵はそんなこと頓着しない。面白いからいつまでも眺めている。母屋の兄ちゃんは作蔵を睨まない。睨むのは僕だけだ。作蔵の父ちゃんは地主様で偉い。だから在郷軍人会の軍曹の隣に並んで座る。なんかとても偉そうだ。でも作蔵に優しくて、僕にも「疎開者」と言ったことは一度もない。作蔵に蜘蛛の餌を付けさせていることを知ったら、作蔵の父ちゃん怒るかな。

無条件降伏

村へ越してから、困ったことや嫌なことにいっぱい出合った。嬉しかったことも沢山ある。嫌だったのが好きになったのもある。

牛がそうだ。便所の隣が牛小屋で、境の壁土が鍋の蓋くらい落ちて竹を編んだのだけが残っている。そこから必ず牛が覗く。牛がいないときを見計らって便所へ行くようにした。でも牛はしょっちゅう牛小屋にいる。そのうちに覗きに来ないときもあるのに気がついた。草を食べているときは来ない。それで僕は便所に入る前に牛に草をやることにした。牛は草を食べていれば、覗きに来ない。牛は嬉しいのかどうか分からないが、僕は嬉しい。でも、便所へ行くたびに草を刈りに行くのはたいへんだ。その辺の草で間に合わすと、牛はすぐ食べてしまい覗きに来る。

お尻の横あたりで牛の息がふぁうふぁうとしているのは気分が良くない。やっぱり壁を叩いて追い払わなければいけない。みんなはどう思ってるのだろう。洗濯をしている母屋の姉ちゃんに訊いてみた。姉ちゃんは、「恥ずかしいなぁ、ぼんの話は」と言って濡れた指で頭を突き洗濯を続けた。それっきり全く取り合ってくれない。兄ちゃんに訊いたら、牛の首が便所に入るようにしてやろうかなんて言いかねない。だから兄ちゃんには訊かない。

　牛と仲良くなってからは覗かれても気にならなくなった。変だなと思う。もっと変なのは覗きに来ないと、壁を叩いて牛を呼びたくなることだ。なんだか牛が可愛くなってきている。

　母屋の兄ちゃんは、このあいだ言った。「俺が、気をつけぇ、かしこくも陛下の、休めぇ、御盾として出征すると、ぼんは牛の世話をするんやぞ」と、そう言った。

　気をつけぇ、かしこくも陛下の、という言い方は在郷軍人会の軍曹の話し方そっくりでうっとりする。だからというわけじゃないが、前より牛の世話をよくするようになった。草を食べに連れて行くのは楽しいし、牛が甘えるようにもうぉうと鳴くのも嬉しい。兄ちゃんに教わったとおり、藁で牛をこすってやると牛はじっとこすられている。そのうち、川へ行って牛を洗ってやるのを教えると兄ちゃんは言っている。ちょっと楽しみだ。でも牛の糞の始末だけは嫌だ。兄ちゃんみたいに大きなスコップで糞を集められないし、第一牛の糞の中に平気で入っていけない。

　さて、牛を川へ連れて行って草を食べさせてやることにするか。茹でたじゃが芋の大きいのを二個、母ちゃんから貰ってある。兵隊水筒には湯冷ましがたっぷり入っている。牛に草を食べさせている間、川で遊んでいよう。牛は川へ連れて行ってもらえるのが分かるらしく、牛小屋へ行くとすり寄ってくる。牛を曳いて鎮守の社の横を通り、田んぼの中の道へ出た。日がかんかん照って暑い。水がきらきらして眩しい。風が止まって息苦しい。早く川へ行って水に入ろう。こんなに暑いのは嫌だ。

天理王の命のお詣りの時の暑いのも嫌だった。天理王の命は、表の間の一番いいところへ祀ってある。表の間は、日当たりがいいので冬は暖かい。風がよく通るので夏は涼しい。大勢の人が集まってお参り出来るように広い。

おばあが一番前に座って、みんなが集まるのを待っている。兄ちゃんが見えない。姉ちゃんが探しに行く。裏で仕事をしていた兄ちゃんを探している声がする。姉ちゃんは兄ちゃんに怒られているようだが、いつものとおり兄ちゃんを連れてくる。いつもと同じで兄ちゃんの機嫌は悪い。

お詣りが終わるとやれやれと思う。でも、兄ちゃんが出征したら、みんなで兄ちゃんのことを天理王の命にお願いすると思う。出征する兄ちゃんを囲んでみんな集まり、地蔵の辻で万歳をする。在郷軍人会の軍曹が演説する。

「このたび、かしこくも、気をつけぇ、陛下の御盾、休めぇ」

ここのところは何度聞いても良い。みんなもそう思っているのだと思う。

兄ちゃんが出征するまでに牛の糞は片付けられるようにならなければいけないかな。牛の糞の片付けの決心がつかないうちに川へ着いてしまった。

牛を杭につないで、川へ入って水を被った。ほんとに暑い。田んぼには誰も出ていない。川はぞうぞうと流れているが、それ以外動いているものはない。

母屋の表の座敷は、涼しいだろうなと思う。ここの雄鶏は座敷には上がらない。座敷に上がってるのを兄ちゃんが見つけるとこっぴどく叱り、追い回す。鶏も覚えていて上がらない。涼しいところに座り込んで砂を浴びている。羽を砂へ突っ込んでばっさばっさとはたいている。感心して見ていたら、おばあが、あれは悪い虫を退治してるんやと、教えてくれた。雄鶏も雌鶏もやる。ひよこはやらない。ひよこは、鳴きながら雌鶏と一緒に動いている。一羽だけにすると、ぴぃーよ、ぴぃーよと悲しそうな声を出す。あんまり悲しそうなので一羽だけにしてはいけない気持ちになる。猫が来ると、雌鶏は、くぁぁぁこうと雄鶏を呼ぶ。この声を聞くと棒を持って兄ちゃんが出てきて猫を追い回す。猫を追い払って、鶏達を籠へ入れてしまう。兄ちゃんが出征したら猫を追い払うのも僕の仕事かな。

お腹が空いたので、木の下でじゃが芋の茹でたのを食べた。ほくほくして旨い。胡瓜も旨い。何でも旨い。入道雲がまた大きくなっている。空は青くって眩しい。一休みしたら水門へ遊びに行こう。兵隊水筒の湯冷ましは、お湯みたいだ。

水門まで誰にも会わなかった。誰も田んぼに出ていない。広くって明るくって、眩しい。水門に行ったが誰も来ていない。

誰もいないとなんだか寂しい。飛び込んで潜って、乾かしても誰も来ない。牛はぺたんと座ってもぐもぐやっている。今日はいっぱい草を食べたのでご機嫌のはずだ。

ぎーす、ちょん。傍の草むらでキリギリスが鳴いた。よし捕まえてやろう。ゆっくりやるんだぞ。食べ残しの胡瓜を棒の先に突き刺し、キリギリスの鼻先へ差し出した。キリギリスは鳴くのを止めた。僕は息を止めてじっとする。キリギリスが鳴き出すまで我慢をするのだ。ぎーすと鳴く。まだだ。もう一度ぎーすと鳴く。ゆっくりと棒を差し出す。少しずつ少しずつ前進だ。キリギリスがぽいっと胡瓜に乗るまで我慢だ。

ちょん、ぎーす、キリギリスが胡瓜に乗った。かぶりつけ、胡瓜にかぶりつけ。かぶりついたら、棒をゆっくり引っこめよう。ゆっくりだぞ、ゆっくり。

捕ったぁ。巧くいった。キリギリスの後ろ足を持って眺めた。よく見るとキリギリスの顔は牛に似ている。面白い。顔を撫でたらキリギリスが咬みついた。痛いと怒鳴って手を振り回したら、キリギリスは水の上へ落ちた。キリギリスが泳げるのなんか知らなかった。キリギリスは脚をぴょんぴょん伸ばして泳ぐように水門へ流れていき姿を消した。ほんとに驚いた。指がまだ痛い。いつの間にか入道雲が真っ赤だ。真っ赤なうちに帰らなきゃ。

牛を連れて田んぼの中を帰っていった。途中誰にも会わない。鎮守の森の横へ来て変なものに気がついた。鎮守の森の木の枝という枝にヤンマが止まっている。止まって尾を垂れじっとしている。どうしたんだろう。

鎮守様のお神楽の舞台には、村の人が集まって騒がしい。いっぱい集まっている。酒を飲んでいるみたいだ。

「無条件降伏だぁ」

「無条件降伏だぁ」

大声で叫び交わし、いつまでも終わらなかった。意味はよく分からなかったけれど、日本が負けたらしいこと、それもひどい負け方をしたらしいことだけは伝わってきた。戦争は終わったのか。もう兄ちゃんは出征しない。在郷軍人会の軍曹の演説を聞けないのは寂しいが、牛の糞の掃除をしなくてすむのは嬉しい。村にずっといるのかな。神戸に帰るのかな。

鎮守の森の木の枝に止まっている沢山のヤンマは、きっと英霊だ。靖国神社へ行く前に鎮守の社へ寄っていこうとこの村の英霊がやってきて止まっているのだ。僕はなんだか悲しくなって敬礼をした。もう一度口に出して言った。
敬礼。

川浚え

戦争が終わって秋が来た。田んぼにはイナゴが無数に湧いていた。これを捕りに行くのも楽しみだった。紙の袋と口を縛る紐をいっぱい用意して出かけるのだ。イナゴ捕りはそれほど難しいものじゃない。田んぼの端から捕まえていくのだ。捕まえたイナゴは紙袋へどんどん入れておく。イナゴが跳ねて紙袋が持ちにくくなる。今でも掌に、袋の中でイナゴが跳ねる感触が蘇ってくる。初めのうちはいっぱい入れすぎて殺してしまったり、少なすぎたりした。そのうちこのくらいだという加減が分かってきた。イナゴが跳ねているうちは大丈夫なのだ。入らなくなれば口を紐で縛って転がしておき後で集めるのだ。

持って帰ったイナゴの袋をフライパンの上で空ける。イナゴはフライパンの上で一度は跳ねるが二度目からはもだえるだけになり、こんがり焼かれていく。よく火が通ったら醤油で味をつけた。イナゴの腹はじゅくじゅくして美味しくないので取ってから炒りつけた。醤油をかけて炒りあげたイナゴは干し海老の味がした。今でもイナゴを見つけると口に干し海老の味が蘇ってくる。

稲が実ると不思議な匂いがする。甘いような、生臭いような、息苦しいような、元気が出るような切ない匂いだ。神戸には無かった匂いだ。匂いが収まると稲刈りが始まった。大人も子どもも男も女も総動員だ。どんな小さな子にも仕事はあった。稲を刈れる歳の子は稲刈り、運ぶのは相当小さな子も出来た。稲刈りや刈った稲を運べない子は赤ん坊の子守、弁当配り。落ち穂拾い、きりがないくらい仕事はあった。中休みが二回、昼ご飯が一回。みんなで食べた。白いご飯のおにぎりだ。これが何といっても楽しみだった。幾つ食べても誰も何も言わない。イナゴの佃煮、タニシの煮たの、どれも旨かった。何たって青空と広がっていく刈田が楽しい気分をかき立てた。

祭りのような三日が過ぎると本物の祭りが来る。鎮守の社に旗が立ち、笛や太鼓の練習が始まる。わくわくし通しだったのを覚えているが、祭りの光景は少しも思い出せない。どうしてだろう。きっと楽しいことにいっぱいであったはずなのに。

祭りが終わると、川浚いがあるぞと村の子から教わっていた。村を流れる川が堰き止められ、川の大掃除が始まるのだ。川と呼んでいたが、あれは大きな用水路だったのだろうか。そういえば水門が幾つかあった。

近くの水門には毎日行った。水門の上流は深くて泳ぐのに都合が良い。水門の下流は浅くて魚を捕るのに都合が良い。水門に行けば誰かが何かして遊んでいた。ここで「びんど」の使い方を覚えた。「びん」は瓶、「ど」は筊だ。ガラスで出来た魚捕りの道具。びんどの入り口は入りやすいが、一度入ると出られない。中に糠の団子を入れ、魚の寄りそうなところに沈めておくのだ。びんどは母が郡山の街に行ったとき買ってきてくれた。

泳いで冷えて、体を干して乾かして、ひとしきり遊んでからびんどを見に行く。何も潜って行かなくても良いのだが、潜っていく。潜っていくとびんどに獲物が入っているのが見えるからだ。きらきら光って動いているのを眺めているのは楽しい。びんどを丁寧に持ち上げ、出口に網をあててから蓋を取れば魚は網の中だ。ぴちぴち跳ねて満足感が小さな体を駆けめぐった。

今日は川浚い、父も来る。バケツを二つと丸い網、それに父が買ってきてくれる半月形の大きな網、なんと言ったっけ、あの網。川に行くと村中が集まっていた。川止めがはじまるぞぉと、順番に怒鳴っている。ゆっくりと川の水が減っていった。入れるようになると網を持って川の中に入る。膝ぐらいになると魚が逃げるのが分かる。大きいのが逃げまどっている。父は、大きな半月形の網で土手の下を探って、鮒だの鯉だのを捕まえた。そのうち水が退きくるぶしくらいの流れが川の真ん中にだけ出来るようになった。父はそこへ網を据え付け、持っていろと言う。掬ってはいけないよと言う。魚が入ると分かるからそうしたら上げろと言う。待つことしばし、いきなりくぅんと来た。懸命に上げて、びっくり。大きなナマズだった。

ナマズの腹の白いのが今でも目に残っている。いったん減った水がまた増えだした。水が減っている間に大人達は川に沈んでいた大きなゴミを川岸へ上げていた。

その夜は、父がいるし白いご飯があるし、母はよく笑うし、お祭りだった。おかずは、ウナギにナマズ、父が料理をしてくれた。ナマズってのは旨い、蒲焼きが旨い。最高だ。京都で「なまず家」を見つけ食べに行った。旨かったけれど、父も母も妹もいない夜は、祭りにはならなかった。

機関車へ敬礼

話は疎開する前に戻る。

西の空が真っ赤に燃えていた。夕焼けとは違う赤さだ。どの家も道に出てきて、西を眺めて囁きあっている。

「須磨の高射砲隊はなにしてんや」

「当てるんうまいのおったけどなぁ」

B29の大編隊が神戸の空に群がって、飛行機工場を叩きつぶしているんだ。今まではB29は通り過ぎるだけだった。今日は町を燃やしている。それが僕の家からも見えた。もうどんな音がしていたか、忘れてしまっているが、赤い空の広がりだけは覚えている。

その空襲で父は決意したんだろう。僕と母は父のつてで奈良盆地の小さな村へ疎開していった。国民学校二年生の秋である。

村の生活は何から何まで町の生活と違い、まごつくどころか途方に暮れることばかりだった。第一、水道がない。水は井戸から汲む。汲んでそれを濾過して使っていた。井戸のすぐ脇に濾過用の甕があり、甕の下には濾過した水を吐き出す穴が開けられていた。甕の中には、濾過用の川砂が詰められていた。母屋の兄ちゃんがこの砂を半年に一回取り替えていた。飲料以外濾過器は使わない。洗濯も米研ぎも食器洗いも汲み上げた水をそのまま使った。

便所だって牛小屋の隣で牛に覗かれたし、風呂は腰までしか浸からない湯の量だった。それに蚊はいるし、蠅はどっさりいるし、蚤はうんざりするほど湧いてきた。天井は青大将が守っていて、時々鼠を捕まえる気配がしていた。農家の隠居所に建てた二間の建物が、僕と母と妹の疎開先だった。裏に小さな畑も付いていて、母は慣れないながら茄子だの胡瓜だのを作っていた。農村の中なので食べるには困らなかったらしいが、出盛りの野菜ばかりの朝昼晩の食卓だった。

それから一年、疎開先から引き上げる日がやってきた。大東亜戦争が終わり、誰も「聖戦」とか「神風」を口にしなくなった。僕の大切にしていた戦闘帽やゲートルはどこかへ仕舞われてしまった。そして今、いつの間にか僕の心に棲み着いてしまった「村の暮らし」からも離れようとしている。よく泳ぎに行った水門も、終戦の夜、村人が集まって、「無条件降伏だぁ」と叫んでいた鎮守の社も、蛭に吸い付かれながら草を取った田んぼもどれともさよならしたくないようになっていた。とりわけ作蔵と別れるのは辛かった。

村の子はみんな作蔵をからかっていた。作蔵の家は村の有力者なので親から言い含められているらしく、いじめたりはしないが、遊んでやらなかった。確かに作蔵は勉強ができない。漢字は読めないし九九は無理。本なんか一冊も持っていない。僕だって作蔵に平仮名を教えるのにとても苦労したんだ。でも作蔵は大切なことはきちんと知っていた。

泥鰌の捕り方、イナゴの捕まえ方、蜂に刺されたときの手当の仕方、タニシの集め方、苗の植え方、肥のやり方、鎌の使い方、稲のくくり方、みんな作蔵は父ちゃんから教わって知っていた。作蔵が父ちゃんから聞いたと言えば、間違いのないことばかり、そう信じて疑わなくなっていた。おまけに作蔵は嘘を言わない良い奴だった。

作蔵とは、汽車を見に郡山の駅まで大遠征したことがある。それ以来あまり嫌いじゃなくなっていた。今ではもてあますことが多いけれど嫌いじゃない友達だった。

神戸へ引き上げることは、作蔵の母ちゃんに真っ先に言わなければならない。作蔵の母ちゃんは作蔵が分かるように話すのが巧い。ほかの大人みたいにうんざりしないのだ。

「なんでこうべへかえるんや」と作蔵は言うに決まっている。なんでって説明でけへんやんか。説明して分からんと作蔵はしつっこく訊く。幾度も幾度も訊く。説明できないことを訊かれると作蔵が嫌いになる。だから作蔵に、神戸に行くんでトラックが迎えに来る。トラックが来ることになったら、橋のとこまで迎えに行こうと約束だけした。

仲良しになった牛とは、川へ毎日連れて行ってお別れをした。どうしてあんなに怖かったのだろうと、牛の目を何度も覗き込んだ。大きくて血管が浮いていて確かに怖そうだけど、慣れたら優しい目だ。冷たい鼻先とよだれだらけの口は今でも嫌だけど、それ以外は好きだ。牛はきっと僕のことを忘れてしまうだろう。でも牛と一緒に好きになっていった村の暮らしを僕は忘れないだろうと思う。

作蔵の母ちゃんに、作蔵にはお別れだって巧く言えないから母ちゃんから話しておいてねと頼むしかない。牛には説明できる訳ないからこうやって草を食べに連れてきている。明日も連れてきてやるぞ。

水門のところへお別れに行った。今日に限って、小魚が群れてきらきらしている。なんだか残念だ。沢山捕って陰干しに出来るのに。あのびんど、作蔵にやろうかな。でも作蔵に使い方教えていないから駄目だな。そうだ、作蔵ともう一度機関車を見に行こう。菜の花の咲いている頃、弁当を持って機関車を見に行こう。

神戸へ帰る日が来た。約束どおり、橋のところで待ち合わせてトラックが来るのを待った。橋の上から川を覗くと、魚が群れているのが見える。いつもだったら網を取りに帰って、魚捕りをするのに今日はそうはいかない。川も野原も空まできらきらしていて眩しい。作蔵とお別れなのに、なんだか楽しいことが始まるような気がしている。でもそんなこと口には出せない。

きらきら光っている森の影にトラックが現れ、ぐんぐん近づいてきた。道の真ん中で手を振っているとトラックは止まり、運転手があぶないやないか、と怒鳴った。駆けていって僕の家へ来るトラックでしょと訊いたら、「僕の名はなんていうんや」と訊かれた。「由利や」と言うと乗りなと言って助手席へ乗せてくれた。作蔵の家の前でおろしてもらった。作蔵は機関車を見に行ったときの口を結んだ顔をしていた。

二人はいつものように作蔵の家の前で向かい合って立った。作蔵が「けいれい」と言った。「解散各個に行動」と僕。角を曲がるまで二回振り向いて敬礼をした。作蔵も敬礼をした。角を曲がったら一目散に駆けて帰った。トラックには僕と妹と母。初めて乗るトラックなので珍しくて仕方がない。作蔵のさっきの顔を思い出して可笑しくなりにやにやしていた。

トラックが急にスピードを落とした。

「進駐軍のジープですねん、追い越すとうるさいんですねん」とトラックの運転手がぼやいた。また、不思議な世界が始まったと思った。

僕はその晩夢を見た。作蔵と機関車を見に行く夢だ。菜の花畑で機関車が通るのを作蔵と待っているのだ。遠くでぼぉっと汽笛が聞こえ、しゅっしゅっと吐く機関車の息が聞こえるようになった。機関車は黒く大きく二人の頭の上を過ぎていった。

作蔵が「けいれい」と言った。二人で菜の花の上を遠ざかっていく機関車に敬礼をした。

田んぼから焼跡へ

村から引き上げてきて、町の子になった。

神戸の町なかほどではないが、近所には焼跡が多い。焼跡はなかなか面白い遊び場で、見慣れない物が何やかや落ちている。一番最初に覚えたのは、歯車と鉄の棒で手押しの車を作ることだった。焔の中を潜ってきたのでも、子どもの遊び道具くらいにはなる。枠は壊れた窓枠を使った。木箱を壊して車体を作った。歯車を四つ集めて、底板に取り付ければ車になる。もっともそれだけで、走る車が出来るわけはない。

歯車が四つまとまって焼跡に落ちているなんて期待できない。焼け跡を歩き廻って探すのだ。遊び仲間を沢山作って、交換し合い同じ大きさの歯車を集める。四つ同じ大きさのを集めるのはなかなか難しい。二つが同じ大きさならば、それで我慢しなければならない。四つ揃え、前に大きいの、後ろに小さいのを付けるのだ。前に小さいのを付けるとひっくり返りやすい。

この歯車の車で、焼け跡のコンクリートの坂を滑り降りるのだ。一番遠くまで行けると得意になる。

歯車がよく廻るよう取り付け方をそれぞれ工夫する。算数の勉強ではあんまり考えないが、底に付けた歯車がよく廻る様には知恵を絞る。一人が良い考えを思いつくと、みんなそれを真似する。こんなことはすぐ広がる。赤さびた歯車より油で磨いた歯車の方が見栄えが良いとなると、誰も彼も油を付け磨く。自動車の中には、ぽたぽたエンジンの下へ油を垂らしているのがある。その下に歯車を置いておき、油まみれにする。結構根気が要るが根気で自分の歯車の見栄えが良くなるのなら努力を惜しまない。

自動車が出て行ってしまうと歯車だけが残る。残った歯車は捨ててあるのと同じだ。見張っていないと誰かが持って行く。そんなことになると泣いても泣ききれない。とても辛抱が要る。だから油だらけになった歯車を磨きながら待つのだ。宿題をやりながら見張っているという殊勝な考えは誰も持たない。おまけに見かけない物を持って家へ帰れば、根掘り葉掘り訊かれて、そんな遊びは禁止される。持って帰れず、遊び場に隠しておく。こうして揃えた歯車四つで木の箱に歯車を付けた競争車が出来上がるのだ。

久原の池というのが、焼け跡の真ん中に二つあった。この焼跡は小学校の運動場が五つ六つ入るくらい広い。

一つは大人の腰くらいの深さの池で大きな楕円形。もう一つのは大人の胸の深さで細長い池。湧き水が流れ込みいつも綺麗だった。

大きな楕円形の池では、長い方は二十メートルくらいあり、短い方は五メートルくらいあったから、泳ぎの競争が出来た。湧き水の池とは言え、浅い用水路を流れてきて池に注ぎ込むのでかなり暖められている。

古橋だの橋爪だのがロサンゼルスの世界選手権で活躍するようになると、焼け跡の競泳は熱を帯びてきた。

古橋流のクロールや橋爪スタイルの泳ぎ方が子どもたちに広がっていった。リレーのチームが生まれ、隣町から遠征チームが来た。この池に泳ぎに来る誰もが選手気取りだった。池の周りに寝そべって、水泳談義に花をさかせ、オリンピックに出られれば、日本は世界一になるとはやり立った。幼い体や心が「フジヤマのトビウオ」を讃え、日本がオリンピックに出場出来る日を待っていた。

体が冷えると、始まるのが相撲である。なぜか中学生は来ていなかったから、小学生の相撲大会であった。鏡里・吉葉山・名寄岩など人気力士を名乗れるのは上級生に決まっていて、ちびどもは上級生が居ないときしか横綱の名を名乗れなかった。ラジオの行司の声をよく聞いてきて真似する奴に人気が集まっていた、相撲に飽きると茎の長く太い草を折ってきて草矢で戦争ごっこをした。西の空が赤くなるまで遊び呆けた。

夕焼が広がると、池の上の空には蜻蛉が増え出す。そうすると小石のごく小さいのを二十センチくらいの糸の両端に結びつけ、蜻蛉の群れている空へ放り上げる。蜻蛉は虫だと思って寄っていき、糸に絡まり飛べなくなり落ちてくる。地上でもがいている奴のうち、尻尾の付け根の茶色のを虫かごに入れる。これは雌。羽が茶色をしているのは「どろめん」といってことさら珍重した。

雄の尻尾の付け根は、綺麗な空色をしている。こいつは採れても直ぐ逃がした。「どろめん」は籠に入れて持って帰った。こいつは明日蜻蛉釣りに使うのだ。これ一匹持っていると、雄がいれば必ず釣れる。麦畑や田んぼには雄のヤンマが必ず旋回している。

どろめんを取りだし一メートルくらいの糸をつけ短い棒にくくりつける。どろめんは飛び上がるが糸がついているので頭の上をぐるぐる回るしかない。これを雄が見つけて絡んでくるのだ。二匹が絡み合うと地べたに落ちる。こうなれば帽子でだって採れる。

半日も採れば虫かごはいっぱいになる。家に持って帰った虫かごを窓の桟に置き数えて満足する。そうして蓋を開けて逃がしてやる。次々逃げて行く蜻蛉を息を詰めて眺めていた。とまったまま逃げない奴がいると霧吹きで霧をかけ元気づけた。蜻蛉が消えていった空の茜色をいつまでも眺めていた。

一度だけ蜘蛛が巣を張っているのに気がつかず、蜻蛉を放し蜘蛛に絡め取られたときは悲しかった。目の前で逃がした蜻蛉が蜘蛛の糸でがんじがらめにされのは悔しかった。なぜだろう。どうして悲しかったのだろう。

鮎並の新子釣り

五月の声を聞くと、身体のあちこちでうずうずわくわくがたかまる。竿の調子を調べ針を結び直し、浮子下を調節する。もう鮎並の新子が湧いている頃だ。あれは旨い。丸ごと煮付けてもらうといくらでも食べられる。

汐が満ちてくる頃、岩場で待っているとやってくるのが解ると教えて貰った。鮎並の新子が見える訳でもないし、ざわめく訳でもない。でも今年生まれの鮎並の子がやってくるのが分かるのだ。沖の雲が赤くなる頃が一番釣れる。

餌はゴカイだ。手作りの木の餌箱に砂を入れゴカイにまぶしておく。それを短くちぎって使うのだ。食いが立っている時は、どんな餌でも食ってくる。一度釣った餌でも大丈夫。でも食いが立ってない時は、新しい長いゴカイをつけなければ駄目だ。魚がいてもそれでも食ってこない時がある。どうしてなのだろうなと不思議だ。僕なんか、お腹がいっぱいの時でも旨そうな物ならすぐ食べてしまう。どうして餌に見向きもしないのだろう。

ゴカイは平らな木の桶に潮水を張って売っている。元気の良い新しいのは、赤っぽい色をして足を一斉に動かしている。白っぽくなったのはすぐに死んでしまう。死んでしまうと身はぶつぶつ切れてしまう。鮎並の子もこういうのは食ってこない。

桶の中の元気なゴカイにあうと嬉しくなる。さあこれで今日も釣れるぞと元気が出てくる。ゴカイを仕入れて自転車に乗って港まで数分。乗ってきた自転車を倒しておいておく。そして岩場まで走っていくのだ。

竿は竹の一本竿。冬の間に作っておいた。竹林に入って枯れた竹を探すのだ。釣竿作りは竹探しから始まる。枯れた使い良さそうな竹を探して伐って枝を落として担いで帰る。竹林は山の麓の至る所にあった。竹を伐るのはのこぎりを使うが、後は小刀の肥後守一丁で仕上げるのだ。竹は根っ子の節の詰まっているのを選んだ。選んだ竹を縁側でゆっくりと調べ、節のでこぼこが邪魔にならない程度に削り落とす。一度かんなを使ったら削りすぎて失敗した。面倒でも少しずつ肥後守で削るのが安全だ。二三度振ってみて調子を試す。これで良いとなったら初めて、気合いを入れて作り出す。まず、竹を真っ直ぐにするのだ。竹を真っ直ぐにするには工夫がいる。板に直線を引き、それに竹をあわせるのだ。あわない曲がり方をしているところを、ローソクとか火鉢の火であぶり、撓めて真っ直ぐにする。一本の竿を作るのに二週間くらいかかる。ホントはもっとかけるのだろうけど、細かな作り方が解らないから真っ直ぐになると終わりにしていた。真っ直ぐになったのを焚火の後の藁灰につっこみ油を浮き出させ、拭き取って強くした。みんなそうして作っていた。いつも予備の竹を二本か三本軒下に吊していた。仲良しの女の子にも、釣竿は作ってやっていた。作り方は、神戸へ帰ってきた三年生の時、ガキ大将だったゴロちゃんに教えてもらった。ゴロちゃんは喧嘩が強いが親切な子だ。

今日は初めて竿を使う。ゴロちゃんから貰った竿とはおさらばだ。走ると竿の先がひゅんひゅん揺れている。帽子が飛びそうになる。岩場の端まで来て安心した。まだ誰も来ていない。汐も満ちかけているだけだ。沖の雲にはまだ昼間の光が残っていてまぶしい。うねりはさざ波に変わって寄せているだけだ。こまかに光が寄せてきて岩を濡らし出している。一番前の岩まででいって、糸をほどいた。ほどく間もわくわくする。ほどき終わって餌をつけるとき指が震えた。はやくつけないと魚がいなくなってしまう、そんなこと無いのに、そう思えた。

浮子は白に赤い線の入った唐辛子浮子。それがすぽっと入った。竿を立てるとほら釣れてきた。腹がしろく光っている。いけない、魚籠を腰につけてこなかった。急いで滑らないよう気をつけながら魚籠の所まで戻って、初の獲物を魚籠に放り込んだ。振り返った沖の雲はまだ赤くなっていない。慌てることは無いぞ、ゆっくり釣れる。岩伝いに先頭の大きな岩まで戻っていった。

釣れた、釣れた。どんどん釣れた。餌をけちって短くつけても食ってくる。魚籠に入れても跳ねなくなった。沖の雲が赤くなったらやめようと思っていたのにすっかり忘れて釣ってしまった。気がついたら汐が満ちてきて後ろの岩がすっかり隠れてしまっている。

腰まで浸かってほうほうの体で波打ち際へたどり着いた。おかげで餌箱と獲物をほとんど流してしまった。波は暗くなり出している。釣った獲物を流してしまったのは残念だが、面白いくらい釣れたからまあいいか。餌箱を流してしまったのも残念だけど仕方がないか。釣竿の調子もなかなか良かったし、上出来の釣りだった。

翌日、学校でゴロちゃんを捕まえ、楠の根っ子で鮎並釣り話をした。汐が満ちてきて帰りが大変だったと話したら、俺も怖い思いをしたことがある、あそこは気をつけろと言う。入江の方が良い、あそこは砂浜だから大丈夫だ。今日帰ったら行こうと言う。学校から帰ったらすぐ、省線電車のガード下で待つ約束までした。ほんとに昼休みはすぐ終わってしまうから、嫌になってしまう。

五時間目の国語は、いつもなら面白くてすぐ終わってしまう時間なのになかなか終わらない。今年から六時間授業があり、今日は六時間の日だ。おまけに六時間目は、算数でなかなか終わらない。嫌になっても呆れてもまだ終わらない。

鮎並の新子のことばかり考えていた。

てんこち突き

初めて海で潜ったのは、五年生の残り少なくなった夏休みの終わりの頃である。海へは親友の俊の兄ちゃんに連れていってもらった。俊の兄ちゃんはきっと大学生なんだろう。すごく大人の人に思えた。

小学校の横の坂を下りて省線電車のガードを抜ければ、深江の浜はすぐだ。浜に着くと下駄を脱いだ。裸足で砂浜を踏むと砂がくすぐるので、走り出したくなる。

ここの海は貝がとれる。今日は貝取りに来たのだ。貝は海に潜って採る。池で潜るのはしょっちゅうだが、海で潜るは初めてだ。プールの底は見たことがあるが、海の底は見たことがない。第一、海で泳ぐのは今日が初めてだ。海の底なんて見たことがないので、いろんなことを考えてしまう。脚を下ろすと、ずるずるとどこまでも沈んで行くような気がする。考えるとあまり嬉しくない。

それに海の底に住んでいる生き物が忍びよってきて、足に触ったり吸い付いたりするようで、気色が悪い。見えないところには、きっと見たことのないものが住んでいる。そやから嫌いや。

海に入って、兄ちゃんの足の上に立っているとちょっと安心する。兄ちゃんは、腰に帯を巻いていてそれに摑まらせてくれる。摑まって身体を浮かせると足の上に立っているより安心だ。兄ちゃんはときどき僕を連れて潜る。その間じゅう目をつぶって息を止めている。息が苦しくなると手を放し、兄ちゃんから離れる。一緒に潜っていられる時間がだんだん長くなる。海面に浮いた時息を吐き、目を開ける。これを繰り返しているうちに、海の中でも目を開いていられるようになった。池の水ではよく見えるが、海ではぼんやりしか見えない。よく見えないと気色悪くて怖い。見えないところに嫌いな形がうようよしているに決まっている。

兄ちゃんについて動いている内に、足が底に着いても気色悪くなくなっていた。海が結構楽しくなってきている。浜に上がって冷えた体を砂で温めると気持ちが良い。兄ちゃんは腰に付けていた袋から、空豆を手品師のような手つきで取り出し分けてくれた。「皮剝いて食べぇ」と空豆をつまみ上げ、皮を剝いたのを空へ抛りぱくりと食べた。「ぼんは、空豆をほうったらあかんでぇ」と言ってまた手品師のような手つきで抛り上げて空豆を食べた。空豆は、海水にふやけ丁度いい具合に塩味がついている。この豆は塩味の向こう側がほんのり甘い。

空豆がなくなって、体が温まったら貝採りだ。背の立つところで貝を探す。脚で砂をかき回し当たったら潜って採るのだ。はじめは怖かったが、兄ちゃんが帯を持たせてくれたので怖がらずに潜って採れた。

泥鰌の搔い掘りも面白いが、慣れてくると貝採りのほうがずっと楽しい。大きいのがてのひらに収まるとなんとも言えず良い気分だ。獲物はバケツの大きいのにいっぱいあった。重くて大変だが、持たせてもらえて嬉しい。青が広がっている空がいつの間にか、赤くなり出している。肩や背中がひりひりし始めている。兄ちゃんが、「今度は、魚突きを教えてやろう」と言ってひりひりしている肩を叩いた。痛いなんて言わなかった。

もうすぐ夏休みはおしまい。夏休みはすぐに終わってしまう。合歓の花が咲いたかと思っていると、すぐにつくつくぼうしが鳴き出す。宿題も結構残っている。作文もやっていない。

でもてんこちを突きに行きたい。なんとしても行きたい。兄ちゃんが連れて行ってくれると俊が誘いに来たからだ。万歳だ。

宿題の話をすると、「宿題の溜まらない夏休みなんてあらへん」と兄ちゃんは言った。そして「作文は魚突きを書けばええ。そやからな、これから宿題をやりに行くんや」と言ってまた笑った。俊もほっとしているみたいだった。海が見えて来ると宿題の話は消えてなくなり、魚突きの話ばかりになった。魚を突く道具は、兄ちゃんが作ってくれている。一番簡単なヤスだ。

ほんとは釣り道具の店で売っている手許に強いゴムの付いたのがいいんだ。俊もそう思っていたようで、遠慮せずゴム付きがほしいと言っていた。兄ちゃんは、「あかん、あれは危ない。

足刺したり、人を刺したりするさかい。小学生はあかん」と言った。

海がきらきらと沖まで続いている。風がふわぁと広がっている。砂が熱い。下駄を揃えてその上にシャツやズボンを脱いで置いた。兄ちゃんが、「いっぺん泳いでこいや」と言ったので、ええ加減な準備運動をして海に入ろうとした。兄ちゃんは「あかん。あかん。ラジオ体操第一をまじめにやれ」と大きな声で言う。準備運動が終わると、「まず体濡らしておいで」と言う。海は丁度良い冷たさで機嫌のよい音を立てている。浜に戻ってきて、ヤスを使う練習をした。砂に腹ばいになって、小さな板を突く練習だ。簡単なようで難しい。すぐできると思ったのになかなか巧くいかない。立ったり座っていたりするとすぐできるのに。

いよいよてんこちを突きに行くことになった。てんこちは鯒を小さくしたような魚で、小さいのは十五センチ、大きいのは二十五センチもある。白身の魚で、煮てもてんぷらにしても美味しいので、釣って帰ると母ちゃんが喜ぶ。

「俊が言うてたけど、ぼんは潜りうまいんやてな。これ貸したるから使うてみ」と言って兄ちゃんは、二つ目玉の水中眼鏡を僕の頭にあわせて調節してくれた。

「首の辺りまで入ったら、海の底見てみい」と兄ちゃんが言う。下向きにぷかりと浮いて底の砂地を眺めた。あんまり深くないところでもてんこちは群れている、そう兄ちゃんは言っていた。砂地は砂ばかり広がっていて、魚なんか見えない。構うもんかと潜って行ったら砂が動いて魚が見えた。居るんやけど見えへんかったんや。海をかき分けるように泳ぐと、てんこちが逃げるのが見える。息が苦しくなるのを忘れ、浮かび損なって海水を飲んでしまった。でもすぐ潜る。面白くてたまらない。

ふいに兄ちゃんに抱き上げられた。「体が冷えとる。一回上がれ」と言われた。僕を放すと俊の方へ行った。砂浜へ上がると、俊はてんこちを二匹突いていた。並んで体を干しながら、砂地の中のてんこちの形が見えて来たと俊に教えた。

俊は、てんこちの突き方を僕にくどくど教えた。親友やのに、上級生のような口ぶりだ。こういう時の俊は厭になる。体がまだ温まらないのに、てんこちを突きに行きたくてたまらない。俊の言うようにてんこちの少し前を突いてみようと思う。俊の教えたとおりバタ足をせず潜ろうと思う。

やっと突けた。ヤスの先でてんこちがぶるぶる暴れているのが分かる。大きなスズキを釣ったときよりドキドキする。俊は全部で五匹、僕は一匹。俊は僕が突けたので大喜びしてくれた。やっぱり親友や。

それから、暇があると、かまぼこの板をヤスで突く練習をしていた。算数はすぐ飽きるけどこれは飽きない。いつまでもいつまでも続けてもまったく飽きない。面白くてたまらない。うまく突けたときは、てんこちがヤスの先でぶるぶる暴れるような気がした。俊にてんこち突きの練習を「いっしょにやらへんか」と言うと、「あんなんつまらん」と言いよった。

俊の兄ちゃんは、大学生。俊から教えてもらった。「センセになる勉強してるんや」という。僕も大人になったら、先生になろうと思う。でもこれは母ちゃんには言えない。母ちゃんは、僕をお祖父ちゃんみたいな会社の重役にしたがっているからだ。

夏休みの残りの日は、俊の家へ行って勉強をした。宿題をやりながらてんこち突きのことばかり思っていた。算数の計算をしていても、ヤスの先で魚がぶるぶる震える感じを想いだしてしまうし、漢字の書き取りをしていていて魚偏の漢字が出てくると、漢字が泳ぎだしてしまうし、困ってしまう。

俊の兄ちゃんが宿題を三十日までにやったら、海へ連れて行ってやるやると言う。一生懸命やった。あんなに一生懸命やったことあらへん。

けれども三十一日は大雨やった。

さより

針魚はさよりと読む。てんこちやきすを釣る餌を買いに行く店で覚えた。鳥の鶴の嘴みたいな尖った口をしている。針魚の「針」というのはあの口のことだなと気がついた。さよりは様子のいい魚だ。薄緑の細い体をしていて背中に青い縞が走っている。きれいな魚だ。釣るのはそんなに難しくない。さよりの釣り方は、釣り道具屋のおっちゃんに教えてもらった。釣り道具屋のおっちゃんは、子どもを馬鹿にしない。いろいろ教えてくれる。だから好きだから言うことは聞いて覚えるようにしている。

春の潮が来ると浜は、騒がしくなる。さよりの前に鮎の子が来る。小さな針に蚊みたいに細い糸をまき付けて疑似針を作る。子どもはそんなん作れんから釣り道具屋で買う。ものすごく高いから大人みたいに何本も付けられない。波の中でまるで蚊のように揺れるのが良い。

鮎の子は細かい虫を食べて育つんだ。小さい鮎は天麩羅にすると旨い。でもあっという間にいなくなってしまう。どこへ行くんだろう。

鮎の子がいなくなると、さよりが廻ってくる。こませを撒いて集めてから釣る。いつ行っても群れているわけではないから気を付けていないと釣りにならない。このころのさよりは、細い。鉛筆みたいに細い。

さよりは、父ちゃんが刺身で食べる。僕は腹骨や中骨や皮の唐揚げを食べる。東京のおじちゃんは、酢の物が好きだ。おじちゃんは母ちゃんの弟で、神戸へ来ると必ず泊まって行く。

おじちゃんが来るとなると、母ちゃんはさよりを釣ってきてねと僕に頼む。「最後のお椀もさよりにしてあげようと思うの」と頼まれる。

母ちゃんに頼まれたのだから、かなり張り切って釣る。釣れなかったら浜の友達に貰ってくる。おじちゃんは、「よくくれるなぁ」と感心する。「おじちゃんが来ないときは、釣れたんはみんなに分ける。その代わりおじちゃんが来たとき、釣れなんだらもらうんや」と言うと「いゃあ、軍師だな」と感心してくれた。

夏が来るとさよりは大きくなり、あまり釣れなくなってしまう。そうするとサビキで引っかけて採る。サビキは針を沢山釣り糸に付けそれで引っかけて採る。

竿も仕掛けも父ちゃんに作ってもらった。竿は一本竿。「長いんがええで」と言うと、「あかん。初めは短い竿でーやりぃ」と言う。「なんでや。遠いところへほうるんやで」と言ったら、「そやから糸は長うしてやる。そのほうが掛けやすいんや」と教えてくれた。針も店で売っている錨のような三本爪のではない。普通の釣り針の軸の太いのだ。「売っているようなのがいいんやがなあ」と口まで出かけたが止めた。道糸も太いのを三本より合わせてある。

俊を誘わず独りで出かけた。磯の先の岩に立ってさよりを探したが見つからない。どうしたんだろう。春はあんなに寄ってきたのに。堤防にいた大人の人に訊いてみた。

「ぼんは浜の子やないな。どこの子や。どんな道具や。見せて見ぃ」と言う。父ちゃんの作ってくれた仕掛けを見せた。「ようできとる。これならぼんでも採れる」と言って磯でなく浜へ行くように教えてくれた。

磯のさよりは、撒き餌して寄せて釣る。浜のさよりは移動して探して釣れと教えてくれた。

「さよりは波と波の間を泳ぐから、それをねらえや」と肩を叩いた。

浜と平行に泳ぐさよりは引っかけやすい。初めはどこを泳いでいるか分からなかったのが、慣れてくるとさよりが泳いでいるのが見えるようになった。さよりの向こう側に錘が落ちるようにして、針だらけの道糸を引き寄せる。これをさびくと言う。さよりの泳いでいる横腹に針が食い込むと、さよりはへの字になって釣られてくる。初めは五回やって一回しか引っかけられなかったのが、この頃は三回やったら三回とも引っかけられるようになった。

波がきらきらしている午後はさよりがよく見えず、うまくさびけない。夕方になるとさよりが黒く見えてさびきやすい。息を詰めてさよりの来るのを待って、さよりへサビキを抛る。かかったときはびくびくびびんとさよりが暴れる。さよりを針から外してびくに入れるとばたんばたんとさよりが暴れる。この音を聴くとさよりを釣ったなあと溜息が出るほど楽しい。

さよりは、大きいのは四十センチはある。背中は紺色で紺色の外側を緑が頭から尾まで走っている。腹から下は銀色に白。下の嘴は何となく赤い。うっとりといつまでも眺めていたいほど綺麗な魚だ。

俊を誘ってさよりを獲りに出かけた。竿を貸してやっても巧く引っかけられない。二、三回やると飽きて帰ろうと言う。来るとき、俊の自転車に二人乗りで来た。だから帰りも乗せていってもらうつもりだ。ところが俊は、サビキ釣りに飽きて帰りたがる。俊をなだめなだめ釣っているのと釣れない。気が散ると駄目だ。俊は堤防の方へ歩いて行って、「帰ろや」と怒鳴る。聞こえへん振りをして、サビキの竿を振っていた。何回か目に俊は、怒鳴らずに堤防横の自転車に乗った。あかん、今度は一人で帰りよる。そう感じて、大急ぎで竿に糸を巻き付け魚籠を持って追いかけた。「一人で帰りなや」と怒鳴ると、俊は「はよせいや」と怒鳴る。来るときと同じように、二人乗りで帰った。途中までくると、俊は「しもた。堤防に帽子おいて来た」と言う。

あーあ。あほやこいつ。

鶴亀算

秋が来た。母ちゃんがとんでもないことを言いだした。なぜ思いついたのだろう。いつ考えなぜ考えついたんだろう。

「中学へ行く準備の勉強をしなさい」と言うのだ。こういう時の母ちゃんは、東京弁を使う。東京弁はなんか偉そうで怖い。これを使う母ちゃんは、あまり嬉しくない。

放課後私立の学校を希望する誰彼が教室に残り、担任の先生に教えてもらうことになった。何を教わったのだろう。嫌いの上に大のつく付く算数が毎日あったのは覚えている。あとは覚えていない。運動場で遊んでいる声を聞きながら、考えたり計算したりするのはどう考えても嬉しくなかった。友達は誰も無言で一生懸命書いたり消したりしているので、僕も仕方なしに考えたり計算したりした。いわし雲の広がった空、小波になっている海、竿先の魚のあたり、こんな楽しいことを頭から追い出すのは大変だった。そのたびに母ちゃんはとんでもないことを思いついたものだと嘆いた。

鶴亀算や植木算それに通過算や旅人算いろんな問題を毎日やった。鶴の足は二本亀の足は四本、こいつ等がごちゃごちゃにいる。鶴や亀の頭の数と足の数の合計しか解らん。それで鶴は何羽か亀は何匹か計算しろと言うのである。はじめそんなん解るかいなと思った。第一、置物の鶴と亀は一羽と一匹やないか。先生は、授業の時やったのを思い出せと言わはる。授業の時は、あいなめの新子を釣ったりてんこちを突いたり、楽しいことで頭が一杯である。ややこしいことはほったらかしにしている。

鶴と亀の頭の合計と、足の合計から、鶴と亀がそれぞれ何匹かを計算する勉強なんかかなわん。頭の数はあわせて十。足の合計は二十八本。頭をすべて鶴と考えると、足は二十本。八本余るやないか。それをそれぞれ何羽か何匹か。こんなん考えていると頭の中がごちゃごちゃになる。息が苦しくて切なくなる。

放課後残ってこんなんばかり勉強した。初めは、面倒で面倒でたまらなかったが、そのうち問題の解き方が解ると、「なんやかんたんや」ということになった。植木算や通過算も出来るようになった。勉強は、解り出すと面白い。解らんとつまらん。「つまらんと思ってやったらあかん」と、俊の兄ちゃんが言う。俊と僕は同じ学校を受ける。だから二人で一緒に勉強するようになり、俊の兄ちゃんが教えてくれる。

解らんことが解るようになり、勉強していて時間が経つのが解らなくなってきた。「勉強が好きになってきたな」と俊の兄ちゃんが言う。「違うな、好きになったんやない。嫌いやなくなったんや」とこっそり俊に言うと、俊は「そうや、そうや」と囁き返した。こいつ、あほやない。

運動場の端まで吹いていった木枯らしは、もう引き返してこない。空もだんだん柔らかな色になってきた。

中学の入学試験があって、俊も僕も合格し同じ中学に入学することになった。その中学校には、算数よりもっとややこしいことが待っていた。

祖母はかなり大きくなるまで僕を「長坊」と呼んでいた。

「長坊、由利の家は長い間男の子が生まれなかった。だから長坊が生まれた時はみんな喜んだ。喜んで大切に育てた。良い子に育ったけれど、ごんたで自分勝手なことをする。それで母ちゃんは、この辺りで一番しつけの厳しい学校を選んだんだよ。わがままが直りますように、決まりが守れる子になりますようにってね」

あれこれうるさく言われるのはかなわんなと思いながら聞いていた。

祖母が僕の行く学校のしつけで一番感心していたのは、生徒は電車の座席に腰を掛けない決まりになっていることだった。これは身に付き、電車ではいつも立っていた。八十近くなり席を譲られるようになってから初めて腰を掛け出した。祖母が感心していたのが分かってきた。

厳しいことは幾つもあった。どれも遠い記憶の中に残っている。是非を問われれば、全て是と答える。

まず学校へ行くのが厳しい。歩いて電車に乗ってまた歩いて一時間半かかる。最後の四十分は山の中の坂道で嶮しい。オート三輪は前向きで上がれず後ろ向きであがらねばならない場所があった。遅刻しそうになっても走っていけない。遅刻するとパンツ一枚で運動場を走らされた。二時間目と三時間目の間には少し長い休憩時間があり、上半身裸で運動場を駆け足で廻った。よくよく運動場を走らせるのが好きな学校である。

便所掃除もパンツ一枚。寒くてもパンツ一枚。冬は、マフラーは御法度。手袋やオーバーは論外。寒いのでポケットに手を入れようにもズボンのポケットはなかった。おまけに冬の山の風は冷たい。阪神タイガースの応援歌にある六甲颪である。真っ向から突っ込んで行くので自然と寒さに強くなった。

競歩大会というのがあった。六甲の山並みをぐるりと廻ると六十キロある。スタートラインは神戸市の西の外れだった。これを冬の最中に走ったり歩いたりしてゴールの学校へ帰るのだ。中一から高三まで全員が走る。走れなくなった奴は、電車で帰る。次の日は学校が休みでも一日寝ていた。便所へ行っても足が痛くてしゃがむことが出来なかった。

へこたれない心と優しさを育てられたと思っている。

第二部　小茄子恋しや

小茄子恋しや

飛騨の国高山は小京都と呼ばれ、昔ながらの家並みがよく残っている街である。この地に入るには岐阜の下呂からの道、長野県からの道、富山県からの道の三つがある。下呂からの道は、飛騨川沿いに曲がりくねった道をうんざりするほどの時間走らねばならない。同じ景観が続き、あの山を回れば違う光景に出合うだろうと思うこと十数度、そしてその後も出合うのは同じようにに曲がりくねって流れる川と折り重なった山々である。富山県から入る道も似たようなものである。長野県からの道は乗鞍岳の奥深く入り込み、さらに安房峠や平湯峠といった名だたる難所を越えて奥飛騨に着く。ここから長い下りの道を経て飛騨盆地へと辿り着くのである。私達が乗鞍から高山へ行くのは通常このコースである。

盆地へ下り高山市に近付くと、手押し車や乳母車を押して市内へ行く人が現れる。森の陰から、畔道から、土手の陰の藁屋根の家から、忽然と湧き出てくる人影はことごとく女性である。押している乳母車の中を覗かせてもらうと、胡瓜やトマトあるいは茄子とついさっきまで畑の土に育まれていた野菜達が露に濡れたまま積まれている。「朝市へ持っていくのですか、おばぁさん」、そう言うとこっくりと笑顔が頷く。車の隅には、女郎花、吾亦紅、リンドウなどが束ねられ、これにかすかな風が来ている。

飛騨高山の朝市の起こりがいつからのことか知らない。私が知った頃、市は夜のしらじら明けに始まり九時か十時には終わっていた。ところが最近は観光客のあいだで評判になり、これを目当てに押し掛けてくる若い女性が増えてきた。若い女性の客が増えると、市には活気が出てくるようだ。家族連れも老人会の一行も村議会の議員の視察の面々も朝市へと繰り出す。それで高山の朝市はここのところ大賑わいである。

朝市は二カ所ある。ひとつは、陣屋跡と呼ばれる現在の市役所の前庭にテントを張った市。もうひとつは、市内を流れる宮川沿いに店が並ぶ。朝市でなくてもこの通りは土産物屋が並び、なかなか風情のある通りである。宮川は街中を流れているとは思えぬほどの清流である。土地の人に聞くと、いやいや昔はもっともっと清らかでしたという答が返ってくる。鯉やウグイが観光客が投げるせんべいやポップコーンに群がっている。

川と反対側には、一刀彫りをはじめ木製品の土産物をあつかう店が並ぶ。左甚五郎はここの出身、飛騨の匠と呼ばれていた。飛騨は木の街である。民芸品や骨董などをあつかう店も多く、「木のもの」と称する銭箱や懸硯あるいは帳場格子に箪笥などの旧い道具も多い。こんな店に潜りこもうものなら、半日くらいすぐ経ってしまう。

旧い月日がそこの店にもここの路地にもふんわりと積もっている街である。ためしに腹を空かせて飛び込んでごらんなさい。飛び込んだ店の壁の品書きにも、かつての月日そのままの料理の名が書き並べられている。朴葉味噌はそのひとつである。これに出合った時は恥ずかしながらどんなものか見当がつかなかった。まず話の種に食べてみようやということになり、頼んだものが来て目を丸くした。枯葉の上に味噌が敷き詰められ、その上に薬味が乗っている。小さな火鉢の上にこれ又ちっぽけな金網。これでは枯葉が燃えてしまうだろうと心配したが、焦げるにあらず、葉っぱの上の味噌がじゅうじゅうと良い香を上げ始めた。木の葉が朴の葉だということは、その時店の女の子の話で初めて知った。枯葉の朴ではなく青い葉を塩漬けにするのだそうである。

木だけではなく葉まで飛騨の国では使う。味の方はどうだ、と訊かれれば「そりゃ旨いさ、旨いように作ってあるんだから」としか言いようはない。調べた訳ではないがきっと山仕事の人々の昼のおかずの一品がそもそもの始まりだったのだろう。持ってきた味噌を火であぶって食べる、その受け皿が朴の葉っぱという訳である。そういえば飛騨に入ると朴の木が多い。信濃ではほとんど見かけなかった。味噌を焼いて食べるこの料理はすっかり洗練されて、朴葉味噌用の味噌が作られている。普通の味噌を焼いたよりずっと旨い。上に乗っける薬味も葱だ、椎茸だ、茗荷だ、蕗だとなかなか工夫されている。

料理だけではなく菓子だってなかなか乙なものが残っている。甘々棒にこくせん。これも旧い月日の味がする。甘々棒はきなこを水飴で固めたもの、こくせんは胡麻をやはり水飴で固めたもの。どちらも献上品にはほど遠い駄菓子の類である。家人は甘々棒のが贔屓だが私はこくせんが気に入っている。こくせんを嚙むと胡麻の香ばしい香が口に広がり、つなぎの水飴の甘さと支えあって旨い。最近スナック菓子なるものが流行っているが、これも往古のスナック菓子である。だから尾をひいて「止められない、止らない」と、食べだすと一袋くらいすぐ空けてしまう。スナック菓子は近所のスーパーへ行けば手に入るが、こくせんはそうはいかない。飛騨まで行かねばならず難儀なことである。

朝市の話をどこかで取り落としてしまったが、宮川沿いの朝市を覗くと近在の農家のおばぁさんや嫁さんが運んできた野菜や果物が並んでいる。野菜あり、果物あり、切り花あり、各家自慢の漬物ありで賑やかなことこの上ない。野菜の店の横に七味売りが入る。これは本職なのでその口上につられて人だかりがする。七味売りの隣は、ご当地特産の桃を並べている。桃だけかと思ったらとうもろこしの茹でたのもある。どの店も似たように見えてそれぞれどことなく違う。ちょいと食べてごらんなさいと言うように並べてある漬物もそれぞれの家の秘伝のものである。

素朴な土の匂いの濃い市である。葉唐辛子ひとつをとっても畑から抜いてきたままのを二、三本束ねて売っている。この葉唐辛子の煮浸しの旨さはこの市で思い出した。小学生の頃食べてそれっきり忘れていたのだが、ここでおばぁさんの説明を聞いて「ああ、あの味だ」と思い出した。作り方はこのための随員である家人が聞く。「葉だけでなくついている実を刻んで入れると美味しいよ。この実は辛いからたんとは駄目だよ」と、親切きわまりない。私に続いて買っていった角刈のあんちゃんが、何を思ったか引き返してきて「花はどうするんだ。花は」と訊く。えらい勢いなので、おばぁさんも「花ねぇ、どうしたっけねぇ」と、真剣に考え込んでしまった。間髪を入れず「花も一緒さ。うちの父ちゃんなんて花を選って食べてるよ」と、隣から助け船が出た。いやはや市中が協力しあって、花も実もある客あしらいであった。

買物の一番の目当ては小茄子である。親指のさきほどの茄子である。小さければ小さいほど値段が良い。初めは小茄子の醤油漬けを試食し、旨いねぇと買っていたが、そのうち材料を買い込み家人に料理を工夫してもらうようになった。この小茄子はどの店にも並んでいてこの市の目玉商品である。私はこの小茄子のために乗鞍高原から峠を二つ越えて高山までやってくるのである。

この小茄子、ちょいと刻み目をつけて煮付けても旨いし、丸のまま揚げてこれに酒とみりんで味を整えた味噌をかけまわしたのも旨い。二つ割にして味噌で煮てみたがこれも結構である。しかし何といっても醬油の浅漬けが一番旨い。これなら丼一杯食べても平気である。ぽいっとひとつ口に放り込んでぷつりと嚙みきる。その時かすかな醬油の味と茄子の新鮮な味が口中に広がる。あれはじつに旨い。この茄子の醬油漬けは食べる時によって作り方が変わる。昼に作って夕飯に食べるのなら、へたを切り落として塩で揉んだのを、丼に醬油を半分ほど入れたものに漬ける。小皿で蓋をするとよく漬かる。朝に漬けるのならへたを取って少し重しをして漬ける。次の日食べるのなら重しなしで漬ける。これだけの配慮で結構旨い。これをおかずに乗鞍の雪解け水をお茶の代わりにした水漬けで食べる。水が旨いので茄子の味が舌の上で転がりまわる。まずこれほど旨い茄子の食べ方はないだろうと思う。この小茄子は飛騨の高山まで行かないと手に入らない。乗鞍から高山へは冒頭に書いたように冬季積雪三メートルを超す峠を越えねばならない。盆地に春が訪れ初夏の日射しが溢れるようになっても、峠は雪で閉ざされている。雪が解け高山への道が通ずるのは五月の声を聞いてからである。それまでは岳を仰いでため息を吐くだけである。カール・プッセが「山のあなたの空遠く」と詠ったように「幸い」と「小茄子」は、乗鞍岳のかなたにある。山のあなたを思いカール・プッセは涙さしぐみ、私は口中によだれを溜める。

小茄子恋しや、恋しや小茄子。

再度小茄子恋しや

今日は、栗鼠騒ぎで早くに叩き起こされたので眠い。

山荘の窓の外には、胡桃の木が数本茂っている。そのうちの一本が親木で、他は子の木である。今ではどれが親の木か子の木か区別がつかないほど、それぞれが大きくなっている。この胡桃の木に毎朝のように栗鼠が渡ってくる。家人の話によるとだいたい六時前だそうだ。枝から枝へ移っていったり、梢に駆け上がっていったり忙しく動き回る。「時には二匹で来ます」とも言う。栗鼠の方が一匹なのだから、見る方も一人で眺めていればいいのに、栗鼠が来たと私を起こしにかかる。栗鼠の方は、人間が二人見ているからと相棒を呼びに行く訳ではない。眠い目をこすりこすり起こされる方の身にもなってもらいたい。起きた頃には栗鼠はどこかへ消えて、胡桃の樹の梢には青空だけが残っている。

ほんに、今日は飛騨の国は高山の里へ小茄子を仕入に出かける日であった。栗鼠だの胡桃の樹の梢の上の青空だのにかかずらわっている暇など無いはずだ。さっさと身支度をして車に乗り込んだ。見上げると乗鞍は快晴で頂きにかかる雲ひとつない。今朝はあの快晴の乗鞍岳を越えて飛騨へ行こうと決めた。道はスキーのゲレンデを幾度も横切りながら頂上へと向かっている。ひと昔前はこのゲレンデに柳蘭が雪崩れるように咲いていたものだが、今は荒地野菊が白い素っ気ない花を揺らしているばかりだ。柳蘭の柔らかな紅色がたまに見つかると車を停めて眺める。まるで絶滅寸前の品種のようなあつかいである。柳蘭の紅色は、ゆく夏の深い空にほんとによく似合う。かつて咲き盛っていた松虫草や柳蘭達はどこへ姿を隠してしまったのだろう。

ゲレンデを過ぎると、道の両側は岳カンバやモミ林に変わる。ところどころに赤い葉が見えるのは、ナナカマドである。風の通り道の枝だけいちはやく紅葉している。秋がたけなわになり、樺の樹やその他の黄色に色を変える樹の中でナナカマドだけが紅蓮の炎を上げている。この光景はじっとしていられないほど寂しく切ないものである。岳カンバの林が切れるともう頂上に近い。

グイとハンドルを切ると万年雪が広がっている。積もった雪は、次の雪の季節まで消えることがない。ひとかけらの雪などというしみったれたものではない。谷ひとつが雪で埋まっている。物好きな連中はここまでスキーを担いできて斜面を登り、滑り降りてくる。上半身裸でよく日焼けしててらてらと輝いている。何にも考えずひたすら雪を滑り降りる。羨ましいといえば羨ましい。いくら羨んでももうあんな真似は出来ない。

やってやれないことはなかろうとやれば、次のごとき次第におちいるに決まっている。一度滑りそこで息を切らし、我慢してスキーを担いで登る。痩我慢して数歩歩きスキーを放り出しひっくり返る。その後数日間は、足腰を揉んでもらわねばならない。男子たるべきものの味わうことではない。

万年雪のコーナーを抜けると、這松の群落である。強い風に吹き飛ばされず精一杯頑張って生えていますと、主張している。こんな這松の林の中で迷子になったら最後、脱出など覚束ない。時々、雷鳥の親子が這松の林のはずれに姿を見せるという。私はまだ見たことがない。話に聞いただけである。山では素敵なものはほとんど話に現れるだけである。水音に惹かれて行ったら山葵を見つけた話、足を踏み外し尾根から滑り落ちたと思ったらそこは黒百合の群落であった話、道に迷って難渋していたら山ブドウを見つけジャムにするほど山ブドウを摘んだ話、木の洞で雨宿りをしていたら鬼どもの宴会に遇い瘤を取ってもらった話。みんな話の中のことである。

乗鞍岳は快晴であった。嶺の上の青空には、晩夏の光が満ちていた。道は下り一筋、快適といえば快適、退屈といえばまことに退屈である。

飛騨の国高山の宮川沿いの朝市は人々の声を集め賑わっていた。ひと昔前は朝早く出かけないと市は終わっていたのだが、最近はお昼頃までやっているので安心なような気が抜けたような妙な具合である。年は変われど商品は胡瓜茄子トマトの野菜、巴旦杏桃の果物、自家製の漬物が主流である。唐辛子売りは同じところで名調子の声を張り上げている。年々歳々商品相似たり歳々年々客同じからず。胡瓜と一口に言うがなかなか種類が多い。いや、種類ではない、大きさが違う。もうこれ以上育つと胡瓜として売れなくなるぎりぎりの大きさか、やっと胡瓜になりましたという幼いものか、どちらかである。中庸を得た大きさのものはあまり見かけない。胡瓜の幼いのは醬油に漬け込んでも旨いし、味噌をちょいとなすりつけて齧っても結構である。この辺までは経験の範疇であった。しかし育ちすぎた胡瓜の食べ方は、聞いて初めて分かった。聞いて感激した。「煮るんだよ」と、事もなげに言う。「味噌汁の実にしても旨いよ」とも言う。煮干しと一緒に煮ると旨いそうである。胡瓜はなかなか煮えないから慌ててはいけないよとも言う。胡瓜は火の通りにくい野菜だなんて初めて聞いた。煮干しのだしが出きった頃、胡瓜が煮える。これに味噌を足す。美味しいよと言う。帰って家人に作ってもらったが、売り子のおばぁさんの言うほど旨くない。胡瓜の味噌汁は珍しかったものの所詮その程度であった。

ところがである。余った味噌汁を次の日、温め直して食べて驚いた。実に胡瓜が旨いのである。皮も柔らかで実の方は、煮干しのだしの旨さをすっかり吸っていてまことに結構な味であった。よくよく考えると朝市で教わったように、胡瓜にきちんと火を通さなかったためらしい。そういえば「胡瓜は考えている以上に煮えないもんよ」という言葉に思い当たった。一晩おいて温め直したのが良かったのだろう。

家人はトマトを選んでいる。おまけするから買っといでという台詞に惑わされた訳でもあるまいが、ずいぶん買うつもりらしい。ところが「おまけの量」をよみちがえて、慌てる仕儀にいたった。袋に入れて貰ってお金を払い、おまけだよ、持って行きなと渡されたのを見て慌てた。買ったのと同じくらいの分量を袋に詰めている。そんなに貰っても食べ切れないからと断るのに容赦なくトマトを袋に放り込む。これだけだったら対岸の家事でそっぽを向いていても差し支えないが、火の子がこちらに飛んできそうな事態が起こった。「井戸水にほりこんどきな。食べたい時に上げれば冷えてて旨いから」とこともなげに言う。冗談じゃない。家人がその気になって、井戸を作ろうなどと言い出したらどうする。まったく他人事ではない。慌ててお まけのトマトの数がこれ以上増えないよう袋を受け取り、さっさと戦線を離脱した。

私は目的の小茄子も、トマトと同じようにうんとおまけをしてくれる店が良い。ゆっくり見て歩いていると、「箱ごと買うのなら、まけとくよ」と言う。まけてくれなくても、箱ごと買うつもりだったのだから渡りに船である。ついでのことにそばに積んである葉唐辛子も三把買った。朝市のおばさんは、葉唐辛子は無理だけれど小茄子は送ってくれと言う人がいてネ、送ってあげているんだよと言う。青天の霹靂である。考えてもみなかった。小茄子が宅配便になる。これに思い当たらないとは、何という貧困な想像力であったことか。これで東京でも小茄子が食べられる。

山のあなたの空遠く住んでいたのは幸いだけで、小茄子は身近にあった。クロネコ、カンガルー、ペリカンありとあらゆる宅配便に祈りを捧げたくなった。乗鞍越えて飛騨の高山まで行かなくても小茄子に逢える。そう思うと嬉しいような悲しいような、奇妙な気分になる。一年に一度か二度の出合いだから、小茄子への思いが膨らむのであろう。

人生、ついている時はありがたいもので、帰京するのを待っていたかのように、俳句仲間の恭子さんから電話があった。何事ならんと聞いてみると、量さんが「小茄子恋しや」を読んで新潟から小茄子の漬物を取り寄せて下さったのだそうである。

恭子さんは私の留守中にわざわざ届けて下さった。ありがたいのは古い友人と小茄子である。この茄子、小ぶりは小ぶりなのだがまるまるとよく肥えている。これは高山の小茄子、こっちのは新潟の小茄子と食べ比べているうちに結構な量を食べてしまった。旨いものを食べるとビールを飲んでもよい気になり、一本空けた。すっかり良い機嫌になると高山の町の家並みが見えて朝市のざわめきが聞こえてきた。

高山恋しや、恋しや高山。

再三小茄子恋しや

高山を抜けて白川郷へ行くことにした。

「高山を抜けて」といっても素通りする訳にもいかないだろう。なにしろ小茄子が待っている。紅や白粉いわゆる脂粉の香には未練が無いが、小茄子の濃紺の肌には心が揺らぐ。早朝に乗鞍の千石平を発った。まだ夜霧の世界である。途中の安房峠は依然として夜霧、平湯峠を過ぎる頃になってやっと朝霧の世界に移っていった。

夜明けの高山は霧ならぬ小雨にけむっている。小半日高山で過ごし、白川郷へ抜けようという算段である。それがこの小雨模様ではいささか出鼻をくじかれた感がある。いささか気落ちしながらもこの雨はやがて上がるだろうと文字どおり空頼みをして駐車場へ車を放り込んだ。

　宮川沿いの朝市は常と変わらぬ賑わいようである。とっかかりの店は桶に投げ入れた秋草の束を並べている。女郎花にリンドウ、桔梗に鶏頭もある。水引草が一本混じっている。束ねる時に紛れ込んだのであろうか。すうぃと紅の水引を伸ばしささやかな自己主張をしている。晴れていれば蜂や蝶の先客がいるのだが、今朝は花だけがとりどりの色を雨に濡らしている。

　ひとつひとつ店を覗いて廻ったが、冷夏のこととて野菜がまことに少ない。お目当ての小茄子もほんのちょぼちょぼっとしか並んでいない。今朝は覗いて廻るだけだから別に焦ることはないが、買いに来たのなら大慌てに慌てるところである。「旅の途中なのですから何も買ってはいけませんよ。後で始末に困るだけですから」と、家人からこんこんと言い聞かされ、諭され、念を押されている。それでも葉唐辛子の束を抱えた女性とすれちがうと振り返って見送る。葉唐辛子を振り返るのである。女性無視であって決して女性蔑視ではない。ああ、葉唐辛子の煮浸しよと見送るのである。

　小雨に加えて野菜の品薄で朝市には活気がないかというとこれまた意外にも賑やかである。野菜の少ない分、漬物類が溢れるように並べられている。赤カブの漬物、もろみ、きのこの佃煮、胡瓜の醤油漬け、ありとあらゆる保存食の競演である。「これはね、飯どろぼうっていうくらい旨いのだよ」と、観光客らしい若い女の子に教え込むように話しているおばぁさん。髪には霜を置き、顔の皺には畑の風雪が刻み込まれている。これでも売子というのだろうか。烏賊や鰹の塩辛のことを酒盗という。海の幸は酒を盗み山の幸は飯を盗むのであろうか。

宮川沿いの朝市のはずれに朝食を食べさせてくれる小店がある。ここで家人は焼魚定食、当方は朴葉味噌定食を頼んだ。小皿に乗ってきた蕗の煮付けが旨い。「これを買っていこうよ」と言いかけて蕗と一緒に飲み込んだ。「何も買わないはずです」と引導を渡されたらことである。小茄子を手に入れる算段をいろいろ工夫してきたのだから、それまで「まかりならぬ」とされないためには、ここは穏やかに過ごさねばならない。大事の前の小事、小茄子の前の蕗である。食事をして朝市へ戻ると、どの店の小茄子もほとんど売れてしまっていた。そんな現状を見ても心は騒がない。買うと決めているが買って持っていく訳ではない。我が家に帰りついた頃、届くよう宅配便で送ってもらおうという算段である。

なかなか元気のよいおばさんの店を見つけて声をかけた。小茄子をおくれと言うと、「見てのとおり売り切れて、無い。御免よ」と答えてくれる。いやいや、宅配便で送ってほしいのだけどねぇと続けると、首を傾げてこのところ雨が多くて良いのが無いよとすまなさそうに言う。

一週間ほど後の話だよと言うと、ああそれなら日も照り出すしねとほっとした顔つきになる。この正直さが何とも嬉しいではないか。「ここの小茄子の醤油漬けの味が忘れられなくてねぇ」と言うと、「嬉しいこと言ってくれるのう」と答えが返ってきた。小茄子を二キロ、胡瓜の細いのを一キロ、受取人払いで送ってもらうことにする。

さて、後はあの小茄子を入れる鉢である。昔この辺りの農家で使っていたような雑器の鉢が良い。高山には渋草焼という焼物があるが、そんな由緒あるものでなくてよい。茄子の漬物や芋の煮ころがしを入れておく、そんな気どらない小鉢か中鉢が是非欲しい。幸いなことに高山には、古民具を商う店が多い。上一之町あたりの店を覗けば何か手に入るだろう。

我が家に帰りついた翌々日、約束どおり高山から小茄子が届いた。開けると小茄子と胡瓜の細いのが入っている。曲がった器量の悪いのが七、八本別にあり、包みの新聞紙にはサービスとマジックで書いてあった。小茄子は塩とミョウバンで揉んで醤油にさっそく漬けた。こうすると半日ほどで漬かる。もっと後で食べるのは何もせず醤油に漬ける。へたを取ったのは一日半、取らないのは二日か三日かかる。毎日収穫し毎日漬け、毎日食べるのを望むのは贅沢過ぎる。一度に手に入ったものを何度かに分けて食べるのも生活の智恵である。美味であり佳味であり珍味である小茄子よ、小茄子。夏の茶漬けはこれに限る。茶漬けの飯をさらさらと食べ、ぷちりと小茄子を噛みきる。いちどきに朝市のざわめきが蘇ってきた。

小茄子を入れているのは、高山で手に入れたベロ藍の中鉢である。茄子紺を包み支えて、鉢自身はひっそりとしている。ものは器で食わせると言うが、そのとおり。小茄子をただ醤油に漬けただけという素朴な食べ物には、志野や伊万里は似合わない。濃い藍色の模様を紙に印刷しそれを器に写しつけて焼き上げたのがベロ藍の鉢である。れっきとした雑器、雑器中の雑器である。もっともありふれた器である。醤油漬けにした小茄子には、こうした雑器がよく似合う。しかし、小茄子は数日ですっかりなくなり、卓上にはベロ藍の鉢だけが残った。

ああやはり、小茄子恋しや。

もう一品

学校給食の話で恐れ入る。学生食堂や寮の賄いあるいは給食に旨いとか絶品という評価をする人はまず無いだろう。食べ物の旨い不味いは、作った人の愛情によると言った人がいるが、これはまず名言のうちに入る。総論ではまず反対する方はおられないだろう。うちのおふくろはとか、俺のかみさんはとか、さらには僕の恋人はとか、各論に入ると話がややこしくなるに決まっているので、総論のままいくのが得策である。それを知りながら各論に入る。しかもそれが学校給食の話なのだから再度恐れ入ると書いておく。

私の学校の栄養士は、小柄でほっそりとして笑うとえくぼが出てなかなか可愛い表情になる。四十代の後半とは思えない。どう見ても三十代で通る。ひょいと見には二十代の後半、遠目山越し笠の内なら二十そこそこ、目をつぶれば十代などと言ってしまうとこれは落語のくすぐりになってしまう。

腕の方はと言うとこれは栄養士として勤続二十五年の重みを感じさせる立派なものである。知恵おくれの養護学校の開設担当を命ぜられ、まず考えたのは給食のことである。食べ物の不味いのはかなわぬ。それが我が家の食事であれ、お呼ばれのご馳走であれ、学校での昼食であれ不味い食事は願い下げにしたい。そこで学校給食をあの学校この学校と調べてまわった。

「いやに給食に拘りますね」とか、「さすがに大校長、細かな部分まで配慮していられるので感心しました」などというのは外交辞令で、「なぁに食いしんぼなだけさ」という陰口が聞こえないでもなかった。もっとも陰口というものは、えてして物事の真相を言い当てていることが多い。これは自分の場合にはことのほかよく分かる。いくら校長が給食に熱心で旨い給食を生徒に食べさせたいと思っても、自分で包丁を握る訳にはいかない。カウンターの内側に立つて、生徒が並んだら「らっしゃーい」と声をかけ盛りつけをやってみたい。そう思っているのだが、なかなかそうは口に出せない。口に出せてもまずやらせてもらえそうもない。せいぜいカウンター越しに調理員の諸嬢に、「ご苦労さん、今日の出来はどうですかね」と顔を出しねぎらうくらいである。しかしこれはこれで度重なるとけっこう良いことがある。

カウンター越しに覗きこむと、ちょっと味を見てくださいなと小皿に乗っけたのが出される。甘いとか辛い、濃い薄いなどと言っているうちに調理員の手の内もだんだん分かってくる。もっとも調理員の方にしてみれば校長の腹の中も自然に分かる。お互いに分かると遠慮のないやりとりが出来る。今日のスパゲッティは茹ですぎだとか、ドレッシングはやはり手製に限るとか、それも紫蘇味のが特に良かったとこうしたやりとりが出来ればこんな良いことはないではないか。

下世話に「食い物は器で食わせる」などというらがった表現がある。いくら美味なる料理でも、器が犬や猫の餌入れと大差無いのでは悲しい。給食用の食器を揃えるのに「餌入れのようなもの」だけは困る、願い下げにしてもらいたいと栄養士にくどくど頼んでおいた。なにも「焼きそばは九谷でなければいけない」とか、「ハンバーグの時は伊万里の染め付けにしてほしい」とか、「サラダを盛るのは柿右衛門でないといけない」などとわがままは言わない。ただ合成樹脂の飯椀だの、アルマイトの汁椀は絶対阻止するぞと心に決めていた。

もっとも栄養士の方でも頼まれるまでもなく、そのつもりだったようである。陶器に磁器、花柄の可愛いのや藍の草花模様など大皿に小皿、小鉢に丼と十二種揃った。「割れたら補充が大変ですよね」とか、「割れたら危ないでしょう」などとは余計なお世話である。知恵おくれの子どもたちは皿や小鉢の割れやすいのを知っていて、かえって丁寧に運ぶ。まず最初に割ったのは教員であった。私だってそのうちに割るのじゃないかとひやひやしている。少し太目の調理員にそう言うと、「あら、わたしだってもう何枚も」と言いかけて、口を押さえた。この日本のお母さんタイプの調理員は、奇妙な癖がある。皿を生徒に渡すときぱらぱらと何か振りかける手つきをする。何をしているんだと訊くと肩をすくめて照れている。

生徒に「あれ、何?」と訊くと、「あいじょう」と答える。「なんだぃ、それ」と言ったところで答えてくれない。よく見ると良妻賢母型の調理員もやっている。三人が三人とも何やら気をあわせてまじないをやっている。

「あいじょう」は「愛情」であると判明した。当然のことなのか残念であるのか、そこのところは判然としないが私にはかけてくれない。愛情を振りかけると美味しくなるのかどうか、判然としない。

複数の中年女性と話すのはたいそう勇気がいるものだ。しかし、前述の栄養士に調理員三名とは肩に力を入れずに話すことが出来る。まことに包丁の神のご加護というべきであろう。「本校の給食の基礎基本は？」などという愚問を発しても、「いつももう一品多くと考えているんですのよ、先生」とやんわりと押し戻される。天婦羅の皿の隣に魚の卵の煮付けの小鉢が付いていたり、どびん蒸しの横に卵の花の炒りつけたのが付いている、これは嬉しいではないかとあらぬ想像をして聞いていた。

思うに「愛情！」と振りかける手つきは、彼女達が願う「もう一品」、それが出来ない時の心意気だったのではなかろうか。ははあ、あれももう一品なのかと気づいたのはずいぶん後になってからのことである。

近頃飛び込んだ店の定食が貧弱だったとき、彼女達の手つきを真似て何やらぱらぱらと振りかけてみる、そんな癖がついた。まさか「あいじょう」と口に出せはしない。それほど粋でもないし、勇気もない。

彼女達の「もう一品」は、いつの間にか私の生活にもしのびこんでいた。

大根の葉

高三の女生徒を集めて沢庵を漬けた。

一から十まで自分でやったのではないから、あんまり威張れたものではない。俳句仲間のつや子さんが本校の職員なので、大根を干し上げるのをやってもらった。沢庵の旨い不味いは干し方で決まる。本当は干し方から教えなければいけないのだが、当節「沢庵漬け用の干し大根」なるものが八百屋で売っている。せめてそれを買って漬けられるようになることを卒業していく生徒に教えたい。そう思って沢庵を漬けた。つや子さんだけではなく、若い事務職員にも手伝わせた。

教材・教具はきちんと吟味した。容器は近頃流行りのプラスティック製ではない。木製である。しかし樽のたがが弛んでいささか心許ない。ガタガタになっているのを、技術の先生が手を入れて直してくれた。用意したのは、柿の皮を干したの、鷹の爪と呼ぶ小ぶりのひりりと辛い唐辛子、切り昆布、それに糠に塩。

「こうしたものはだいたいスーパーに売っているよ」と説明すると、「柿の皮の干したのもですか」と訊く。ふざけているのかと思ったが、顔つきを見るとそうでもないらしい。「柿の皮の干したのは自分で作るのだよ」と言ってから、他の物も昔はみんな自分で揃えたものだと思った。そのうちに我が日本でも「柿の皮の干したの」をスーパーで売る時代が来るかも知れない。「沢庵漬けが出来上がったらどうするのですか」と、これはきわめて現実的な質問が出た。この方は栄養士が給食の献立に入れることになっている。

こうした騒ぎで漬けた沢庵の試食すらしないうちに、句友の栄子さんから沢庵をいただいた。旨かったかと訊かれれば、美味であったと答える。「素直じゃないねぇ。旨かったと言えば良いのに美味であるなどと乙に構えてさ」などとなじらないでほしい。沢庵の材料であるのは大根。大根は根菜の仲間だから、女性の魅力的な部分を連想させる大根のイメージはまぎれもなく「根」の部分である。沢庵は大概この「根」の部分を食べる。根菜は「根」を主に食べるが「葉」を食べてはいけないという法はない。大根は葉も旨い。沢庵漬けにした大根の葉をなんと呼ぶのが正しいのだろう。やはり大根の葉と呼ぶのか、あるいは沢庵の葉と呼ぶのか、どうだろう。拘るようだが、今まで存在を意識していなかった物が忽然と姿を現わした時、「何だ、これは」となかなか認識できない。沢庵漬けの大根の葉を食べた時の心境がこれである。物が物だけに根も葉も無い話ではない。栄子さんから沢庵とともにいただいた大根の葉の美味しかったこと、筆舌にもワープロにも尽くし難い。

例え尽くし難くとも、尽くして、尽くして、尽くし抜くのが、食いしんぼの宿命である。大根の葉は好物で煮たり炒めたり味噌汁の実にしたりとずいぶん食べた。しかし沢庵の葉を食卓に上げたのは、今回が初めてである。こんな美味なる食べ方を知らなかったのは、無知といえば無知、無念といえば無念、悲運といえばまた然り、人生の幸せのいくぶんかを逃した思いがする。

まず、あまい。「甘い」とは書けない。甘いものに醬油をかけて美味しいはずがない。しかるに「沢庵の葉」に醬油をかけて旨い。コーヒーや紅茶にあう甘さではない。どんなに美味しくても、沢庵の葉でコーヒーは飲めない。プリンにしようが、ショートケーキのデコレーションにしようが、沢庵の葉は個性を失わず、カフェオレになじまない。「沢庵の葉のあまさ」は、ご飯によし酒の肴によしの「あまさ」なのである。「沢庵の葉」が持っているあまさは、自然に生じた糖度なのであろう。

次にと書きかけて、絶句した。沢庵の葉の美味しさは、一にも二にもあの微妙な「あまさ」なのである。

しっかりと太陽にあて、日の恵みを充分に蓄えた旨さである。大根の葉の干したものが、こんなに美味しいとは思いもしなかった。季語に「干し菜」とか「干し菜汁」というのがある。これらもきっと旨いに違いない。

冒頭に書いたように、沢庵の漬け方を知らない訳ではない。最後に糠の上に敷き詰めた大根の葉がこんな「旨み」を持っているのを知らなかっただけである。今まではあろうことかあるまいことか、捨てて顧みなかった。「沢庵の葉」は、あまくてとても美味しいものですと家庭科の指導書には、一行も触れていないのであった。まことに言語道断であるが、知らなかった私もまた不明の輩である。これでは来年度の給食研究会の会長は、返上しなければならないではないか。

まことに残念なことは「沢庵の葉」の食べ方を知らなかったことである。干した大根が美味しいのなら干した葉だって美味しいはずである。干すということは太陽から美味しさを貰うことである。将来「柿の皮の干したの」は、スーパーで売られるようになるかもしれない。しかし、太陽はスーパーでは買えない。来年の生徒には、大根の干し方から教えなければいけない。太陽の贈り物の美味しさを教えなければいけない。

日本の国の人々は「太陽の国」としてあるいは「日出ずる国」として、太陽の恵みを食べ物の中にしまいこむ方法を尋ねあてた。上は干し柿から下はさつまいもの蔓にいたるまで干し上げたものの美味しさを次の時代に伝えていかねばならない。これは建て前。

では本当のところはどうだと言われると、次のように答える。私が老いて漬物石すら持ち上げられなくなったとき、「沢庵漬けの葉」を手に入れやすくするためには、やっぱり作り方を知っている者の多い方が良い。その日に備え、「沢庵漬けの弟子」を沢山育てておく必要がある。食いしんぼ道をきわめんとする者は、深謀にしてかつ遠慮、加えて実行力がなければならない。

うどん

高三の修学旅行について行った。

引率責任者という職責から言えば「連れて行った」というのが正しいのだろうが、荷物を持って貰ったり、温泉で背中を流して貰ったりと「貰ったり」することが多いのだから、情緒的にはついて行ったと書く方が正しいような気がする。行く先は高松と神戸。讃岐の高松といえばうどんは名物の一である。高松のうどんの製造工場を訪ねて手打ちうどんを作ろうというのである。もちろん昼食は自分たちの打ったうどんである。修学旅行の事前学習で、各クラスともせっせとうどんを打っていた。あんなに毎日うどんを打って食べていると、当日うんざりして打つ手も食も進まないのじゃないかと心配した。それくらい飽きずにやっている。

神戸はクラス別の行動だが、山手の異人館を見学してお昼には「農夫の味」なる店でステーキを食べるクラスに入れられた。「先生は、グルメでいらっしゃるから」とは、建て前で、「定食など食べさせると後で何を言われるか分かったものでないでしょ、神戸牛のステーキならケチをつけられることはまずないわね」というのが真実の声であろう。それにしてもステーキの方の事前学習には一度も呼ばれていない。怪しからんのか当然なのか判然としない。

神戸では、四、五歳の頃から大学に入るまでの期間を過ごした。東京暮らしの方がずっと長くなっているのに、話し方に関西の言葉のアクセントが潜んでいる。今となっては打つ手がない。高校生の頃は静かな住みよい町であった。自転車をものの二十分も走らせれば海に着く。芦屋、御影、須磨、明石といずれもきれいな砂浜海岸である。白砂青松とは表現だけではなく、まさにそのとおりの風景であった。春夏秋冬いずれも捨てがたいが、夏は特に爽やかであった。松林の中で水着に着替え太陽で熱せられた砂浜を踏む。とてもゆっくり歩いていられない熱さである。踊るような足どりで波うちぎわへ辿り着くと、波がくだけ澄みとおった水が薄く広がりすぐに退いていった。あの頃の海は清楚で生きていた。

海岸には漁師の家が並んでおり、当然のことながら浜では地引網が曳かれていた。網の中の獲物は何だったか記憶の中は真っ白で覚えていない。ただ網を曳く風景と自転車の荷台に木の箱を括りつけ、「いわしのとれとれぇ」と叫びながら売り歩く光景が奇妙に重なっている。母と荷台の鰯を覗き込んだ記憶と、「ぼん、このいわし生きとるでぇ」と言う声、それに「ほんまや」と呟いた自分の声も聞こえてくる。

この懐かしい海は、今はどこかへ逝ってしまった。神戸の砂浜のほとんどが埋立てられ工場になり、大阪湾は工場群の向こうにとじ込められている。山も表情を変えてしまっている。昔の神戸は六甲、摩耶と続く山なみと大阪湾に挟まれた細長い町であった。山は山の姿、海は海の色をしていた。今、山は中腹まで削られ、高層の建物がびっしりと並んでいる。神戸の街の表情は変わってしまった。しかしどこかに昔のようにのんびりと語り、ゆったりと流れる時間が仕舞ってあるに違いない。

神戸の昔の表情に逢いたければ、「山手」と呼ばれる山すそへゆくに限る。山手の街には、外国人の住む建物が多い。日本風の建築ではないので単に一軒だけなら目立つ存在に過ぎないが、数軒並ぶと異国情趣あふれる町並みになってくる。高校生の頃、「グラバー邸の下で待っとーわ」とか、「スミス邸の横やで」と待合わせの目印に使ったものである。この頃の面影は今も変わっていない。外国人の建てた街が変わらずに残り、日本人の建てたものは姿を変えている。不思議なのか皮肉なことなのか。

この山手の外国人の家は、今「異人館」という呼び名で神戸の名所になっており、私達だけではなく修学旅行の一団がここを訪れていた。私達の目指すのは数ある異人館のうち明治館、風見鶏の館、ペルシャ館である。このうち明治館はもっとも古い異人館である。室内にある家具調度類は公開のためわざわざイギリスから取り寄せたと聞く。ここでは面白いサービスをやっていた。十九世紀調のスコットランド娘の衣裳や純白のウェディングドレスを貸し出すのである。当然のことながら女生徒は、誰も彼もウェディングドレスを借用した。記念撮影に興じることしばし、実際ならばこの後は披露宴である。まさか披露宴代わりに設定したのではあるまいが、肉料理の美味しいレストランでの昼食が準備されていた。

「農夫の味」と呼ばれるレストランは、異人館街からさほど遠くないところにあった。売り物は先に申し述べたとおり肉料理である。食べ物で神戸といえば牛肉。松阪牛と並び称せられる肉である。確かに美味しい肉が多かった。このレストランは二十人も入れば、一杯になる可愛い店である。ガイドブックには、「ヘレステーキ」が売り物と解説がついていた。

神戸ではヒレ肉のことをヘレという。なぜだと訊いたら、「いややわ、昔からヘレやん。ヒレ言う方がおかしいんとちゃうのん」と答えが返ってきた。ふぁっと押し返されたようで、それ以上訊けない。不得要領のまま引き下がってしまった。ヘレにしてもヒレにしても極上の柔らかい肉である。「うちのヘレは、フォーク置いただけで切れまっせぇ」と言うのは、まんざら誇張ではない。この店の「ヘレ」のステーキは、牧場直営の触れ込みのとおり、味といい柔らかさといい大したものであった。

神戸の味はかくのごとく結構であったが、これに倍して結構千万だったのが、讃岐うどんであった。高松では製麺工場を訪れた。工場の一画を開放し客にうどんを打たせそれを昼食にあてようというのは、なかなか洒落た企画である。食べさせるのではなく作らせるのである。

作り方は、この道数十年という職人の指導による。小麦粉に塩水を加え、この塩水がまんべんなく行き渡るようにかき混ぜる。「指を立ててかき混ぜるのがコツです」と話しながら、ミスター何十年の手は、粉の入ったボールの中で忙しく動いている。「かき混ぜるのですよ、練っちゃいけません」とくどいぐらいに念を押す。見ていてもういいんじゃないかと思うこと二、三遍におよぶ。それでもまだかき回している。小麦粉全体がぼろぼろになり黄色がかってくると、「これでいいのです、こうなるとほれ簡単にひとつにまとまります」と、手品師のような手つきで小麦粉を団子にしてみせた。

掌の大団子をよく見ると、ぼろぼろの塊りがなんとなくくっつきあって一塊をなしている。これじゃすいとんにもなりゃしないと思ったが、口には出さない。そんな当方の心の底を見透かすように、「これではうどんになりません、うどんにするのはこれからです」と口上を言う。

そして種も仕掛けもありませんというように、小麦粉の塊りを数回ひっくり返してみせた。これをビニールの袋に入れ叩いて伸ばし、伸ばしたのを袋の外に出しくるくると丸めてまた掌で伸ばす。これを数回繰り返したと思ったら小麦粉をさぁっと板の上に撒き、その上で小麦粉の塊りを広げだした。よく動く指だなぁと感心して眺めていたが、よく見ると掌もなかなかの活躍である。

適当に広げたところで麺棒で伸ばしだす。真ん中あたりから向こう側へかるくかぁるく伸ばしてゆき、くるくると麺棒に巻きつけ方向を変えて又伸ばしだす。こうして伸ばすこと数回、切りやすいように重ねて切ってゆく。

私達のもほぼ同じ手順でうどんを仕上げていった。にもかかわらず均一なうどんを作れなかったのは、切り方にかかっていた。包丁を真上から当て真下に押し切る。それが本来の切り方であるが、押したり引いたりして切るため幅に広い狭いが生じ、千切れて長い短いが生まれるのであった。出来不出来はともかく、愛着きわまりないうどんがあちらこちらのテーブルに誕生している。後はこれを十数分茹でるだけである。

一同自分の作ったうどんへの期待と不安を胸に、テーブルについて待っていた。笊に盛られたうどんが運ばれてくる。どの笊がどのクラスで打ったのか、とんと見当がつかない。太いのや細いの、長いのや短いのと不揃いなうどんが並んでいる。これは私の打ったのではない、そう思って眺め箸をつけた。見た目の器量の悪さとは別に味は結構なものである。ただ食べながら「僕はもっと上手に打った」とか、「私のは皆同じ幅に切ったのに、誰よこんな下手なのは」というささやきが、あちこちで洩れていた。テーブルについている全員に訊いたら、恐らく同じ答えが返ってきただろうと思う。作る側になった時は初めて作ったとは思えないほど上出来で、食べる側になると他人の作り方の下手さ加減にうんざりしたものである。他人の笊に盛られている自分の作品の良さは、想像の中で何倍にも美化されてゆくのであった。

おかわりをどうぞという声に素直に従い、その揚げ句「うん、これはいささか食べ過ぎた。ちょいとまずいな」と、席を立つ時嫌な予感がした。こうした予感は概ね当たるもので瀬戸大橋を渡るバスに酔ってしまい、胃袋の中のものを備え付けのビニール袋へ人知れず移動させねばならなかった。隣席の目ざとい養護教諭の目はどうにかかいくぐり、ほっと一息ついた。食べ過ぎを見つかれば、夕食を抜くよう叱られる恐れは充分にある。

もっとも誰も気づかなかったとは早合点で、校医のドクターだけは気がついていた。彼はバスを降りると追いついてきて、「もうお歳なのですから、あんまり召し上がってはいけません」などという。「そんなこと、もっと小声で言いなさい。生徒に聞かれたらどうする」と、これは声には出さなかった。

くさや

「くさや」の干物なるものをいただいた。

青むろ鰺の「くさや」である。干し上げた身がぴかぴか光っている極上の品である。このむろ鰺なかでも青むろ鰺という奴は、刺身で食べても一向に旨くない。煮ても焼いても結構といえる代物ではない。ところがである。火ならぬ日を通すと俄然旨味が生ずる。つまり干物にすると身分がぐっと上がるのである。まず地下人が殿上人になる、つまり無位無冠の者が正一位稲荷大明神のような官位を貰うのである。「ああ、稲荷寿司程度の旨さか」などと早合点をしてはいけない。さらにたしなめられたからといって、「たかが鰺の干物ぐらいで大仰な」と非難がましい目をしないでいただきたい。

届いた「くさや」は、伊豆七島は新島の産である。飯によし酒によしの鰺の干物である。「鰺の干物なんざぁ、駅前のスーパーマーケットで売ってるよ」などと言われると、「くさや」についてー席伺う気力が萎える。そんなどこの海のものとも知れぬ鰺を、干さずに電気で乾燥させて干物なる呼び方を冠したまがい物と違う。これなる「くさや」は太平洋の鰺であり、まぎれもなく夜明けから日没までの太陽の恵みを、身を開いて吸い込んだ干物中の干物なのである。不味かろうはずはない。

もっとも物みな欠点がないということはない。「くさや」にだって欠点がある。臭うのである。そのままでも結構臭うのだが、焼く時にいっそう臭う。最近煙をたてずに焼けるグリルなるものが出回っているのが、これで焼いても臭う。そんなに臭うのが嫌なら、食べるのを止せばいいじゃないかと抗議をしたくなる向きもあろう。ごもっともとしか言いようがないが、当方はくさやの臭いを嫌いだとは言っていない。「くさや」が好きな人以外はこの臭いを嫌がる。しかし「くさや」の味を覚えるとこの臭いまで好きになるから不思議だ。どう贔屓目に言ってもよい香りではない。「かおり」と言うより「におい」の範疇である。この臭いは顔をしかめられても文句の言えた義理じゃないともいえる。こっそり焼いて、「くさいよ、何焼いてんだぃ」と咎められても言い訳の出来る代物ではない。こんなことは百も承知、二百も合点である。とは言え、因果なことに匂いを嗅げば口中に「くさや」の味がよみがえる。

昔、伊豆七島の主な献上品は塩であった。そりゃそうだろう。四方海の島の暮らしでも、まず塩なら生産出来る。原料の海水は無尽蔵にある。海水を汲み、これから塩を精製すれば良いのだから、難しいことではない。難しくはないが恐ろしく手間がかかる。海水を汲み上げ釜で煮立てて濃い塩水にする。これを繰り返し塩を手にする。潮を汲み運ぶのにどれだけの労働力を必要とするか、想像してほしい。人の力に頼っていた時代の塩は、大海の小島といえども貴重な品であった。

干物を作る塩も貴重品。倹約せねばなるまい。濃い塩水に漬けて干す。残った塩水は次の日にも使う。開いた身に付いていた血や臓モツは、この塩水に溶け長い時間の中で発酵する。「くさや」の臭みも旨さもこの発酵した液の旨さである。魚のアミノ酸が調味料になるのは、他にも例がある。能登半島の「いしる」に秋田の「しょっつる」、海外ではベトナムの「ニョクマム」がある。いずれも魚の旨味から作りだした調味料である。「くさや」の液はこの系列にあると推察する。

漬けては干し、漬けては干す。幾十年どころではない幾百年にわたる繰り返しで、漬けた魚の旨味が発酵し、塩水は凄まじい匂いとなった。新島で一番古い「くさや」の液は江戸時代から伝わっているという話だから、幾百年といってもあながち誇張ではないだろう。私が新島を訪れてからでも四十年の歳月が経っている。

当時の私は、中学校に赴任したての新米教師であった。キャンプの生徒を連れて訪れたのが新島である。着いたその夜からどしゃ降りで、三度の飯はテントの中。朝昼と用意の缶詰でしのぎ、夕食には名産と言われる「くさや」を食べることとなった。テントの中に携帯コンロを持ち込み、このくさやを焼いたからたまらない。煙はともかくとして、テントはかの匂いが渦を巻きとても辛抱出来るものではない。外は雨。出るに出られず、さりとて「くさや」の匂いと同居も出来ず、止めればおかずの無い夕食。テントの入口から顔を出し、雨と空気を吸い込みふたたび「くさや」を焼き続けた。

飯盒で炊いた温かい飯の上に、くさやを細かに千切ったのを乗せて食べた。まさに珍味のおもむきがあった。旨かったのは空腹のせいだけではないと断言できる。この時なかなか結構な干物だと悟った。キャンプの間中食べ続けたものである。この話、おまけがある。テントと言わず、寝袋と言わず、肌着と言わず、くさやの臭いが染みつき島を離れる頃には何の違和感も感じないようになっていた。「くさや」については、この時学んだ。爾来、新島から「くさや」を送ってもらい毎日味わっていた。なくなると注文し「くさや」なくては日が暮れぬ有様であったが、ここ十年ばかりご無沙汰である。今日は贈り主にしみじみ感謝しつつ平らげている。送られてきた「くさや」は、昔とは異なり真空パックで包装してある。真空包装に次のように書いてあった。

「背は八分焼きにし腹は二分焼きぐらいであまり焦がさず、熱いうちに細かく千切り、酒、醤油、みりん、酢、砂糖その他好みに応じたタレの中に漬けて召し上がるのも結構なものです」

いえいえ、そんなことはいたしませぬ。弱火でゆっくり焼いて、熱いうちに細かにむしる。ご飯はまぎれもなくジャポニカ種。これに乗っけていただく、それだけで充分。これが「くさや」との最初の出合い。それからこっちずうっとそのまま。久しぶりに出合ったからといって変えるつもりはない。

タレに漬けて食べる？　いやぁ、焼きたてのに醤油をぶっかけて「あちぃ」とか「熱っ」とか言いながらむしり口にするのが最上である。

天城吟行始末記

腹を空かして天城の宿へ駆け込んだ。

席上は、一同呑めや歌えの大賑わいである。「事故でも起こしたのかと心配してましたのよ」とか、「もういらっしゃるか、もういらっしゃるかとお待ちして」などと歓迎の辞が降ってくる。待たれていたのは嬉しいが、飢え死に寸前の心境である。十二時過ぎに客を送りだし昼飯はどこかドライブインでとろうと飛び出してきた。とうとう食べる機会もなく渋滞に巻きこまれてしまった。日は暮れるわ、道は混雑するわ、腹は立つわ、腹は減るわでようやく辿り着いた。ひとりひとりに挨拶している間も心は猪鍋のよい匂いに向いている。年に一度の吟行句会だというのに、情けないことこの上ない。四時半の予定が七時を過ぎての到着という至儀にあいなった。遅れてまことに申し訳ない。もっと申し訳ないのは、申し訳なさより、ひもじさが勝っていることであった。

一座のご一同様はすでに出来上がっており、誰かが頭の上でカラオケマイクを片手に、「恋の切なさぁー」と歌っている。いかに名調子であっても恋の歌よりひもじさへの対応が優先する。席へ着くとさっそくとよ子さんがご飯をよそって持って来て下さった。「山葵茶漬けにしましょうよ、召し上がったことあります？」と訊く。当然知っているし他人が食べているのも見ている。しかしあまり旨くはないと想像していた。で、まだ食べたことないと答えると、美味しいですのよと卓上の山葵を擂りだしてくれた。擂り下ろしながら、「擂りたてのじゃないと駄目です」と効能を言う。栄子さんも寄ってきてひとくさり山葵茶漬けの旨さを承ることとなった。しかし胸中には依然として山葵茶漬けへの蔑視と偏見があり、鼻は猪鍋のよい匂いに奪われている。心はとよ子さんと栄子さんの厚情に感謝しているものの、胃袋はたかが山葵に茶をかけただけのものが旨いはずがないと頑固である。いかに美女両名のおもてなしであろうと旨くないものは旨くない、はずだ。

とよ子さんが山葵を擂り下ろしてくれている隙に、猪鍋へ手を伸ばそうとした。栄子さんが小鉢にとってくれながら、こう言った。

「うちもねぇ。出てくる時いろいろ拵えてきてねぇ。美味しいものを考えてねぇ。でも幾ら旨いものでも一人で食べては旨かないよって言われてねぇ」

そりゃそうだ。ご亭主の言うとおりである。この猪鍋だって誰もいない大広間でひとり淋しくぼそぼそ口に運ぶのなら味も半減、いや十分の一に減じてしまう。こうやってよそって貰い、ふうふう吹き話の相槌を打ちながら食べるから余計旨いのである。栄子さんのよそってくれた白菜の下に猪がいっぱい隠れている。はて猪は萩の下ではなかったか。天城の猪はなかなか柔らかくて旨い。白菜も葱も猪の味がよく染みこんで旨い。

本当はご飯と一緒に食べたいのだが、茶碗は山葵茶漬けの人質にとられてままにならない。仕方がないのでビールをくっとあけた。頭の上の曲は、「ブルー・ライト・ヨコハマ」に変わっている。とよ子さんが擂ってくれている山葵下ろしに目をやって感心した。鮫の皮を使っている。これなら細かに下ろすことが出来る。

とよ子さんは温かいご飯の上に擂り下ろした山葵をひとつまみ乗せ、「お醬油はお好みでかけて下さいね」と言う。醬油をたらし栄子さんに熱いお茶を注いでもらって、箸をつけて驚いた。旨いのである。たかが山葵を乗せた茶漬けにすぎないものが、旨いのである。山葵がピリッとあまいのである。不思議なことに「辛く」ではなく、「あまく」なのである。さらさらとかき混ぜ、もう一口食べる。山葵の辛さが旨さに変じ、ご飯の味をひきたてる。そういえば米も旨い。ちょいと待てよ、天城は静岡県である、とすれば茶どころでこれも旨くて当たり前である。水は天城の天然水。一杯目は、あっと言う間に無くなってしまった。「もう一杯召し上がりますか」と、とよ子さん。一杯目は、「ほんの少し」と頼んだのだが、人柄の良いとよ子さんはそんなこと忘れたような顔をしてたっぷりとよそってきてくれた。

山葵下ろしを手にして山葵をゆっくりと擂る。駆け込んできた時の空腹感はどうやらおさまり、旨いものをゆっくり味わおうという大らかな心境になっている。山葵もひとつまみでなくたっぷりと乗せようと考えた。鮫の皮の山葵下ろしの具合はまことによろしい。

たっぷりめの山葵に少し多めの醬油、そしてお茶。箸でかき混ぜて、ああ旨いとため息をついた。だが二口めは山葵の辛さを真っ正直に頰ばり涙が滲んだ。この辛さで、ああ、熱いお茶をかけるのがコツだなと悟った。熱いお茶が山葵の辛さをあまさに変えるのではあるまいか。

二杯目は山葵をたっぷり置き過ぎたので、お茶の効用がゆきわたらない山葵が生じたのだろう。そいつめが鼻につぅんときたに違いない。二人してひとつまみですよと言ったのは、このことであったのか。手の甲で涙を拭って、最後の一粒まで平らげた。

「擂り下ろしたてのでなくては、美味しくないのですよ」と駄目を押された。「生だっていっても、チューブに入っているのじゃ駄目ですよ」とこれは栄子さん。かわるがわる効能と作り方を教えてくれた。作り方といっても、さほど難しい訳ではない。山葵を擂り下ろしてご飯に乗っけ、醤油をたらして熱いお茶をかけるだけではないか。ところがどうだ。我が家へ帰ってやってみたが、天城の宿の山葵茶漬けほどは感心しない。はて、とよ子さんや栄子さんの色香に迷ってあれほど旨かったのかと腕組をした。秋刀魚に恋焦がれた殿様の心境が分かるような気がした。

山葵茶漬けは、天城に限る。

鯖物語

大寒の夜、草間時彦俳句文学館館長の噺を聞き、豆腐料理を食べる機会を得た。その折「自註現代俳句シリーズ」なる一書もあわせて頂戴した。読ませていただくと結構食べ物の句がある。嬉しくなって句評という訳にはいかないが、一文をまとめることにした。

ページをくると次の句がある。

返り梅雨鯖を食らひし顔かゆく　時彦

鯖は旨い。煮たって旨いのだから旨い。魚はまず刺身、次に焼く。焼いて駄目なものは捨てる。煮るなんて魚の料理の風上に置けない。とは言うものの鯖は煮ても旨い。捕れたてのを刺身にして、卵醬油で食べる味は格別である。卵醬油、それは何だと聞かれるほどのことではない。卵を醬油で溶いただけのものである。十数年前茅ケ崎の船宿で教わり、爾来鯖の刺身はこれに限ると悟った。ピーンと突っ張ったぴかぴかするのを刺身にして、この方法で食べるのはたまらない。それこそむさぼるという意地汚い食い方で、満腹出来たらどんなにか良いだろうと思う。想い焦がれるだけで出来ないのだから切ない。鯖の刺身も三切れか四切れであれば大丈夫なのだが、それ以上食べると、私は中毒するのである。刺身は無論のこと、しめ鯖でも駄目、押し寿司でもいけません。関西で「ばってら」と呼ぶ鯖の押し寿司はまことに旨いものであるが、これとて三、四切れで中毒する。どんなあたり方かというと、湿疹が出たり痒くなるなどというなまやさしいものではない。腹がしぶるのである。はらわたをねじあげるような痛みがきて、生つばが次々と込み上げてきて止まらない。これが一晩はかるく続くのであるから切ない。それでも懲りずに食べているのかと言われると、声を落として、「ひょっとしたらもう少し食べても大丈夫かも知れないと思い、試みて痛い目に何度か遭っている」と答えるしかない。そんな中でやっとあたらない食べ方を見つけた。大ぶりの寒鯖の腹の脂の乗ったところを「ばってら」にしたものならば、相当食べても大丈夫なのである。しかし残念ながら関東では、そんな「ばってら」には滅多にお目にかかれない。

時彦先生は前掲の句の横に、「すこし変でも、もったいないと思って食べるからいけないんだ。戦中派はいじがきたない」と書いておられる。私も同感である。しかし顔が痒いくらいなら我慢出来るじゃないかとも思う。もっとももこれは意地が汚いのを通り越していて我ながら情けない。

前掲の句、「返り梅雨」と効果的な季語をつけられたものだから、読んだだけでも痒くなってくる。今後なるべく梅雨時にはこの句を思い出さないようにしなければならない。でないとじんましんが出て困る。

鯖うまくなりて九月や雨あがり　時彦

伊東港に行くと、八月から九月にかけて夜釣りの乗り合い船が出る。釣りものは鰺にイサキ。

鰺といってもさほど大きくない。中鰺なのだが、一匹づけの鰺寿司に丁度いい寸法のものも釣れる。イサキは塩焼きクラス、さして大きくない。アミのこませで誘い、桜海老を付け餌にして釣る。くくっと手ごたえのあるのは鰺で、くんくんとくるのはイサキである。「くくっ」だの「くんくん」が続いているうちは楽しいが、これが途絶えるとまことに所在ない。所在ない目を上げると、熱海と伊東の繁華街のネオンが点滅しているのが見える。ネオンはきらきらちかちかと海面に映ってまことに賑やかである。そのきらきらちかちかから群れがひとつ離れ、船の方へ移動してくる。初めて夜釣りの船に乗った連れが、「あれはいったい何だ」と尋ねる。鯖の群れである。きらきらと光りながら船を廻り沖へ去っていく。こういった群れがあとからあとから湧いてくる。沖の方から来て陸の方へ行くのもあれば、陸の方から来て沖へと去っていくのもある。これだけ見ていても結構楽しい。これだけなら平穏であったが、連れが船釣りは初めての事とて船酔いをしてしまった。船ばたにしがみついて一端胃の腑に収納したものを自然の摂理に反し出口の方には送らず、入口から外へ出そうとする。つまり嘔吐である。

いやに持って廻った言い方であるがこういう現象に嫌悪感を感じる方もおられるので、慎重に言葉を選んで表現したまでのことである。現象は汚いが光景は見事なもので、きらきらちかちかが船べりに集まり争って撒き餌となった嘔吐物を食べる。この渦の中へ餌を付けた針を放り込めば幾らでも鯖が釣れる。もっとも鯖のほうも用のないのに船べりをうろうろしている訳はない。撒かれた餌が無くなればさっさと船べりを離れ、きらきらちかちかと遠ざかっていく。そうこうしているうちに治ったかのように見えた連れの嘔吐感がまたぞろ頭を持ち上げてきて、胃の腑のものを海面へ撒き散らす。ふたたび鯖の群れが集まってきて幾匹かが釣り上げられる。鯖の群れが留まっている時間は、撒かれる餌の量に比例するのでだんだん短くなる。それでも小ぶりの鯖が結構釣れた。もっとも連れに、「僕がこんなに苦しんでいるのに、平気でそれを利用して釣るのは薄情者の典型である」とけんつくを食ってしまった。以後幾ら誘っても、釣りにはついてこない。この鯖で鯖寿司を作り、学校へ持っていった。なかなか好評で旨い旨いとたちまちのうちに無くなってしまった。もっともこの鯖はいかなる経過と状況のもとに釣れたのかは、口をぬぐって一切説明しなかった。

海面を泳ぎ回る木っ端鯖でさえこれほど好評なのだから、大鯖となると飛び切り旨い。「鯖うまくなりて九月や」の所以である。晴れた空を仰げばうろこ雲、別名鯖雲と言う。鯖には秋刀魚のような哀感はない。鯖料理は家庭的な主婦の手料理の一品である。時彦先生この時我が家への帰路にあったのではあるまいか。

雪降ってしめ鯖の塩濃くなるぞ　時彦

しめ鯖を作るには、まず鯖を三枚におろす。次に塩を振ってしめる。適当にしまったところでさらに酢でしめる。こう書けば、しめ鯖はさして難しい料理ではないようである。ところがこの「しめる」時間の長短の頃合が難しい。しめ鯖の旨さを決める要素のひとつである。他は何であるかというと、全ての料理の原則、「良い材料を入手すること」である。

旨いしめ鯖を食べたいと思うなら、まず良い鯖を手に入れなければならぬ。で、良い鯖はどこにあるかというと、東京の場合魚屋へ行ってもしようがない。海へ行く。海へ行けばまず手に入る。鯖だけを目当てに海へ行くのかというと、そうだとはいえない。しかし半分その気である。はっきりしろといわれても困る。事情を話しても百パーセント分かってもらえるかどうか分からないが、説明にこれ努めることとする。

冬が来ると房総沖では金目鯛が釣れ始める。金目鯛は釣針の先に餌を付け水面に糸をたらして待つという点では、小鮒釣りと変わりがない。しかしその実態は著しく違う。十本、二十本あるいは三十本と釣針を付け三百メートルあるいは四百メートルとかなりの深さまでおろす。これに金目鯛が食いつくのを待って引き上げる。水面の浮子がぴくぴくしているのを見て竿をさっと上げるなどという訳にはいかない。おろすのに十分、待つのに二十分、上げるのに三十分かかったとして、餌をおろしてから上げるまで小一時間はかかる。重労働である。上げ終わると雪のちらつく中でもいいかげん汗をかく。しかし波の下に十も二十も赤いのが揺らいでいるのを見るのはまことに楽しい。これは金目鯛釣りをやったものでないと分からない。この時期の金目鯛の旨いこと、刺身でよし鍋でよし。頭の潮汁もなかなか捨てたものじゃない。

金目鯛の旨いのは分かったが、鯖の方はどうなった、となじらないでほしい。この金目鯛を釣る仕掛けをおろしている最中に鯖の群れが通りかかると大事である。一匹か二匹が餌に食いつくのではない。そこいらにいる鯖の奴め、釣針という釣針全部に食らいつき、暴れまわり、泳ぎまわり、からまりあい、糸をもつらしあい、ありとあらゆる嬉しくない状態を作り出す。脂の乗った大ぶりの鯖が、三十も四十も団子状に釣り糸でまとめられて上がってくるのである。金目鯛が釣れない日があっても鯖が釣針にかからない日はない。房総の沖に行けば、まず鯖が手に入る。

降る雪を眺めながら、鯖に塩が効いていくのを待つ。雪は房総の海面に降る雪と重なり、金目鯛の釣れなかった無念とつながる。冒頭に書いたように鯖にはすぐあたる。どんなに沢山作っても、所詮数切れしか食べられない。しめ鯖はあまりしめないほうが旨い、しかししめ足りないとあたる。旨さをとるかあたるのを避けるか、相反するこの思いに雪がちらちらと降る。振る塩の白さは房総の海を飾る雪の白さでもある。

虹

沖まで碧がはりつめている。足下はまさしく透明のさざ波。シュノーケルをくわえ顔を海面につける。パラオは雨季であるのに今日は晴れている。ここパラオ共和国は、太平洋戦争当時日本の委任統治領であった。熟年の島人は正確な日本語を話す。その上日本のテレビを見て「今時の若者は」とこぼす。根っからの日本人気質である。熱帯であるのに、海風が島中を覆い実にしのぎ易い。

今日はボートを出してもらってこうして南の海の波の色を楽しんでいる。水中眼鏡の向こうには、無数の小魚がきらめいて幕を作っている。たかだか一センチに満たない銀色のきらめきのなかに顔を突っ込んだらしい。小魚達は賑やかにきらめきあい、素っ気なく群れている。近寄ればその分だけ素早く散ってしまう。きらきらと上下し、きらりと左右に分かれる小魚の群れに囲まれること数分。やっと途切れた。

代わって幼稚園の子どもが描いたような小魚が海草に群れている。そんな深い場所ではない。たかだか胸までの水深である。パラオの無人島フェリックスの島の浜での光景である。フェリックス神父一族の持ち物なので私達はフェリックスの島と呼んでいる。朝、青空の下を島々の緑を抜けてやってきた。何事も元島民のパラオさんこと吉井さんまかせ、そんな一日が始まっている。島の沖へも、パラオさんについて行っているのだ。海がぐんと深くなった。海底にはシャコ貝の列、紺のしぼりの模様の口を開けている。周りを漂うように泳いでいる魚達も少し大型になってきた。

海面に浮かんだまま眺めていても飽きない海中の光景である。肺いっぱいに空気を貯め、海底に沈んでゆく。これでも昔はかるく三分は潜っていたのに、今はわずか三十秒と続かない。息をしなければならないのがまことに忌々しかった。

昼食は、パラオ人の神父の突いてきた魚である。みな焼き魚、いや焼くというより蒸し焼きのおもむきである。椰子の新芽を摘んできてそれに包んで火にかざすのだ。火だって尋常一様の起こし方ではない。今は雨季なので、すべて濡れ尽くしている。その中で濡れていないもの、それはコブラ椰子の実のなかの繊維である。椰子の殻を割って燃え尽きやすいこの実に火をつける。携帯用のガスコンロなど一昨日来いといったおもむきである。この蒸し焼きの魚、新しい椰子の葉に盛り上げれば、豪華なランチの一品になる。

神父が椰子の実が落ちてくるから気をつけろと言う。冗談だろうと笑っていたら、食事中にどすんと落下。しばらく息が止まった。あんなのに直撃されたらたまったものではない。俳句の季語に「木の実落つ」という情趣のある表現があるが、椰子の実の落ちるのはこの「木の実落つ」の表現では到底カバーしきれない。

私の魚の話をしなければならない。昨日釣り上げた獲物のうち大きなのを二匹、今日のため氷漬けにして取っておいた。これを洗いに仕立てた。削ぎ身仕立てに造り海水で洗い持参した氷でしめた。これにパラオ名産の金柑のしぼり汁をかけまわせば、至福の一品が生まれる。旨いかって？　無人島の浜辺の食卓であるぞよ、愚問であろう。下がれ。海水といったって日本近海の薄汚れた水と違い、清浄そのものの表情をしている。削いだ身を渚までバケツで運び、それを海中で豪快に洗う。小魚が群れてきて一切れ二切れと攫っていく。あまり長くやっているとと鮫までがやってくるのではないかと心配になる。鮫の奴めは目が見えぬ代わりに匂いや音にはことのほか敏感と聞く。

しかし、心配は無用に願いたい。なぜかは知らぬが鮫は環礁の中には入ってこないのだそうだ。これ以上透明になれないという表情で波が寄せてくる。その波でさらした削ぎ身を氷水でしめる。しこしことした歯あたりが生まれ、魚の旨味が引き出される。蒸し焼きの魚を口に放り込み、洗いをつつく。風が沖からやってきて無人島の奥へ消えていく。

こうした島々が数十点在しているのがここパラオ諸島である。太平洋戦争で守備隊が全滅したペリリュー島はこのパラオ諸島のひとつである。私の魚はこの島の沖で釣った。

八人乗りのボートには金髪のガイドと黒人の船長、それに私達夫婦と相客が二人。相客は新婚旅行か、恋人同士らしい。向こうも当方を伺い似たような者と判断したらしい。船を舫うとガイドが仕掛けを作ってくれる。道糸が十号でハリスは八号、それにムツ鈎がついている。竿もこれに見合ったごついとしかいいようのない仕掛けである。餌はソーダ鰹の切り身。これを縫い刺しにして八十メートルの底へおろす。ガイドは底だちをとって二メートルほど巻き上げろと言う。ガイドの操る日本語は私の英語同様ではなはだ心許ない。しかし、釣り人の言葉は世界共通語、笑顔である。笑顔と手真似で大概通じてしまう。

あれがペリリュー島と指さされた緑の島を感慨深げに眺めようとしたとたん、がつんときた。あわせるまでもなくごつごつと引く。なかなか良い釣り味である。

揚がってきたのは四十センチを超す回遊魚である。魚体は鰆に似ており薄化粧をしている。これがよくかかってきた。これの合間に朱色で染め上げたコショウ鯛に似たのがくる。ちょいと引きが良いと思えば六十センチ近い。これが無人島の「洗い」となった。

家人の竿が海面に突き刺さった。あわてて巻き上げると、とたん竿先はぴんとはねあがり、道糸はだらしなく垂れている。巻き上げると仕掛けがない。仕掛けごと持っていかれたらしい。

これは大きいのがいるぞと船中にわかに色めき立つ。

私のにも不意にゴンときた。続けてゴンゴンときて、それっきり。

ガイドは肩をすくめてみせる。巻き上げるとハリスがぶっつりやられている。こんなことが数回続いた。かくてはならじとリールのドラッグをゆるめて待つ。待つとこないのが通例で、薄化粧の鰆ばかりくる。いい加減釣り飽きたところへゴンときた。第一撃をかわしてやったりとったりを始めるつもりでいたところ、竿がのされあっけなく敵は去った。上げてみるとムツ鈎が折れている。重くて速い引きであった。結局こいつは揚げられなかった。波の碧が更に透明になったところで沖上がりとなる。

帰途、驟雨がやってきた。ボートは幌をつけているがそんなものでは役に立たない。とてつもなく大きなシャワーがボートを包み込んだ。テントのようなビニールを頭から被り海上を眺めていると不意に明るくなった。振り返ると雨の幕が後方に置き去りにされている。

ガイドが叫んで指さすので、眺めると大きな虹が架かっている。碧い波の上にはさらに透明な碧空が広がり、虹はここに架かっていた。なるほど、この色が魚達に化粧させていたのだと合点した。

フルーツ・いん・マレーシア

マレーシアでは果物をたっぷり食べよう。それを第一の目的にして出かけた。マレーシアの独立五十周年を共に祝うだの、熱帯季節風帯の気候を体験するだの、多民族国家の文化を味わうだの、マレーシアの民情を視察するだの、あるいはもっと高い目標を掲げてほしいという舌打ちをされそうだが、実現可能な目標としてはこれが最大だった。熱帯は果物の豊富な土地柄である。小林港子がマレーシアの日本人学校で教鞭をとっていた頃、食べたパパイアの種を蒔いたところ、一年で芽が出て花が咲いて、実がなった。港子は昔の教員仲間で俳句仲間。私と違って話に掛け値がない。「パパイアは蒔いた次の年になったのです」という。それも大きいのが五つ六つ。そんな話を聞かされて勇みに勇んでＪＡＬ機上の胃袋となった。

着いた夜は、港子の旧友のサミーさんが晩飯に招待してくれた。行きがかり上、この大男のことを書いておかなければならない。インド系マレー人で、よくしゃべる。港子とは英語で話す。かかってきた携帯電話の友達とはタミール語で話している。スーパーマーケットではマレー語で交渉している。たぶんアラビア語を話すだろう。私とは英語の単語で話す。ウエストは百三十センチをはるかに超す偉丈夫で自分のことをサミーさんという。奥方は古代インドの憂愁を湛えた美女。その美女を助手席に乗せてホンダの新車に乗ってやってきた。

連れて行ってもらったのは、チャイニーズレストラン。中国料理は世界中どこにでもある。世界中のどこの国の味にもとけ込んでその国の国民を魅了する。本来、中国料理なるものは無くてマレーシアの中国料理、アメリカの中国料理、日本の中国料理である。バチカンの中国料理すらあるのじゃないかと思うくらい、各国に根を張っている。マレーシアの中国料理は、辛さが特徴だろう。出てくる食材は魚なら、マレーシア近海の魚だ。スズキに似た白身魚のあんかけは、日本ならさしずめ鯉の甘煮に変身するのだろう。鶏の唐揚げより旨い唐揚げも出た。蛙の唐揚げである。鶏よりもあっさりして食べやすい。港子夫人の碧江は、ジャングルの食堂で鼠を食べた経験があるそうな。食材を訊くまでは極めて美味だったそうだ。蛙は分かって頼んだのだから臆するところはない。マレーシアの香辛料チリソースを掛けると旨さが引き立つ。

肉や魚やアルコール類をふんだんに呑んだり食ったりして、といっても肉は一種類だけ、鶏肉。マレーシアの国教はイスラム教。イスラム教では豚は汚れた食べ物でこれは食べない。インドでは牛は聖なる生き物でこれもまた食べない。豚を食べなくて牛は食べられない、行き着くところ鶏肉料理が多い。皿を汚し唇を汚しテーブルクロスを豪勢に汚して満腹のところへフルーツの皿が運ばれてきた。運ばれてきた皿には、高級フルーツのウォーターメロンが乗っている。西瓜である。三角や四角に切ってあってフォークで刺して食べる。お世辞にも褒めがたい。大味で日本の西瓜には及ぶべくもない。インドネシア第一夜のフルーツの夢は真夏の夜の夢でしかなかった。

二日目は、この度の引率者の港子がじゃらんじゃらんに行こうという。何だと聞くとじゃらんは道でじゃらんじゃらんと二つ続けると散歩を意味するのだという。晩飯探索をかねてじゃらんじゃらんに出かけた。ホテルのすぐ近くに大通りがあり、両側に屋台の店が軒を並べている。おおかたが中国料理だがマレーシア料理やアラビックの料理も混じっている。はじめは慎ましく道にテーブルを並べていたのだろうが、今は通行する車の方が肩身の狭そうな通りに変身して、そこら中テーブルと椅子が道路に氾濫している。ここが良いと港子が指さす中国料理の店のテーブルに陣取った。ここが美味しいのかと訊くと港子は胸を張って首を振った。メニューに値段が書いてあるからここに決めたのだそうだ。マレーシアは良い国だが、旅行者と見ると値段をふっかける。定価販売は無縁といわないが、値段は相対相談で決まる。交渉する前に値段が決まっている方が食べていても安心である。Sサイズのワンタン麺を頼んだ。Sサイズとは言えかなりのボリュームである。港子は、後でチキンライスを食べるからお腹を空けておきましょうと説明する。あっぱれなガイドである。

結構いっぱいになったお腹を気にしながら、あちらの店こちらの店と冷やかして歩く。街角には果物屋が多い。小粒の馬鈴薯のようなものが積み上げてある。それがランブータン。皮を剝くと寒天のように透明な果実が震えている。小粒ながら甘い。皮を少し剝きぎゅっと指に力を入れればつるりと口に飛び込む。丼一杯なんて何のことはない。こっちの角ではドリアンの切り売りに旅行者が群がっている。

じゃらんじゃらんの帰りに果物を買い込みたくなった。露店のは値段の交渉が大変なので、伊勢丹の地下のスーパーの果物売り場に行った。紅い髭面の甘い果汁のローガン、小粒の馬鈴薯のような顔をしたランブータン、ねっとりと甘いジャックフルーツ。レモンをかけて食べると微妙に旨くなるパパイア、日本人おなじみのマンゴー、そしてドリアンにマンゴスチン。買い込んで食前食後そして食間にフルーツパーティを開いた。それぞれ旨い、美味しい。五日間食べに食べて、悟りを開いた。本当に美味しいのはマンゴスチンであると。よく熟れたのは指で押すとぽかりと果物の皮が壊れ、白いきれいな果肉が顔を出す。つまみ上げて口に放り込むと芳醇な果汁が口中に溢れる。たっぷりとした甘さの中に僅かに酸味、果物の女王陛下の名に恥じない。時々種があるのが難だが日本人なら、きっと種無しマンゴスチンを作り上げるだろう。このマンゴスチンをたっぷり買い込んで、空港に持ち込み、チェックインの直前まで食べに食べた。さらに思い残すことなしという境地にまで達して帰国した。

帰国した日本は暑い。熱帯の島より暑い。ほうほうの体で我が家に辿り着き、よく冷やしておいた梨を食べた。梨の甘さが喉をしたたり落ちていく。梨の甘さの中でマレーシアは遥か洋上の島と化していた。

日本人墓地

日本人墓地に行くことになった。朝から晴れきって優しい風が吹いている。

マレーシアで亡くなった日本人の墓地だ。古くは明治時代、からゆきさんの名で知られている女性の墓もあると案内役の港子が教えてくれた。辞書には「明治から昭和初期にかけて、九州の天草諸島付近から南方など外地へ、多く売春婦として出稼ぎに行った女性。唐行きさん」と素っ気ない記述しかない。当時の日本は唐天竺と外国をひとまとめにしていたから、「からゆき」とは海外へ売られていった女性の総称なのだろう。国内でも公娼制度があった時代だから、孝の一字のために海外へ娘達は売られていった。この地の「からゆきさん」は、九州島原の娘達だったようだ。だまされて売られていった者、幼くして買われていった者、成功した「からゆきさん」の話を伝え聞き自ら出かけていった者、指折ればそれぞれにそれぞれの数だけの事情があるはずだ。

若くして売られてきて、熱帯で身体を使い果たし命を燃やし尽くして逝った女達、平均年齢は二十歳そこそこだろうか。四、五年ではかなくなっていると残っている。

天草にこんな民謡が残っている。

姉しゃんないたろかい
姉しゃんないたろかい
青煙突のバッタンフール
唐はどこん在所唐はどこん在所
海の涯ばよショウカイナ
泣く者ながねかむオロロンバイ
あめ型買うて引っ張らしょ

これはその三番で、「バッタンフール」は船の名だろう。それに乗せられて「唐」へ行ったと哀切きわまりない。「唐」は「どこ」、「海のはて」と子守歌は続ける。泣くのはおよし、がね（蟹）が咬むよと子どもを寝かしつけている。

このマレーシアだけではない、世界各国に散らばる日本人墓地には、必ず「からゆき」さんの呼び名が伝わっている。墓として残っているのは、このうちごくごく少数なのだろう。クアラルンプールの日本人墓地にも、無縁の墓としてまとめて祀られている者、名は彫られずただ石の柱となって祀られている者達の墓碑が並んでいる。数えることを諦めて合掌するより方法を知らない墓碑が並んでいる。

日本人墓地は、高い塀に囲まれ、日が当たって森閑としている。港子が大声で案内を請うと墓守の妻女が出てきて港子と挨拶を交わしている。墓守の老人は近くへ出かけていって留守だそうだ。墓地にはブーゲンビリアが咲き、仏桑花が咲いている。仏桑花はハイビスカス、マレー語ではブンガラヤと呼ばれている紅の明るい色の花である。匂いの高い木の花も咲いて静かな日が射している。明るさがかえって感傷を誘う。

港子は日本から携えてきた線香の束に火をつけだした。線香の煙を墓のそれぞれへ分けていく。あるものは一本、あるいは数本、分かたれて煙は立ち上っていく。それくらい静かな墓地の佇まいである。墓碑銘には、この大戦での戦没者の官姓名も残っている。何某妾誰それと大きな墓碑もある。しかし墓地を埋めているほとんどが低い石の柱のみの墓標である。墓碑のそれぞれへ線香を供え合掌すれば風が来た。この地へ来て、あるいは名を成し名を残し、あるいは名さえ残らず、そしてある者は墓碑さえ残っていない。

転生の風のブーゲンビリア揺れ　雪二

からゆきといずれも彫らず緑陰に　雪二

会津八一に次の歌がある。

びしやもんのふりしころものすそのうらくれなゐもゆるはうそうげかな

「はうそうげ」は宝相華、図案化された花の模様である。不意に抽象的な図案が、仏桑花の具象を伴って浮かんできた。宝相華と仏桑花の音の類似だけではなく、異国で戦った者達への鎮魂の詩として花の姿を読み替えて唱えてみた。

毘沙門の古りし衣の裾の裏紅燃ゆる仏桑花かな

陸軍伍長と大書された墓の前で再度唱えたとき、ブンガラヤの紅の図案が、十二神将の衣の裾にひるがえっているのが見えてきた。女達と男達、それぞれへの供養の煙はとっくに消えていた。

あとがき

食いしんぼ歳時記「釣る採るところ食うところ」を上梓したのは、もう十八年前になる。その後ぼつぼつ書きためてきたものを纏めたものが、この『続食いしんぼ歳時記』である。どこででも開いてもらえるようにと、持ち歩きに便利な体裁にした。

俳誌「からまつ」に中村草田男先生の横顔を書いたのがきっかけとなり戦前戦後の少年時代を書き綴り出した。

この日雪一教師をも包み降る　　中村草田男

この句、二・二六事件を詠んだ作品である。昭和十一年二月二十六日に陸軍の青年将校によるクーデター未遂事件がおこった。この日は東京に大雪がふった。私はこの年の四月五日に生まれた。母方の祖父母は渋谷の青山に住んでいたので、話が僕の誕生日に及ぶと必ず二・二六事件が話題になった。さすが戦後にはこの話が出なくなったが、それまでは耳にたこができるくらい聞かされた。

叔父が中学校で教えていたので、「この日雪」の草田男作品は教えてもらった。私の誕生と二・二六事件と草田男俳句は、心の中でミキサーに掛けられ発酵していった。冒頭の長介誕生が、二・二六事件の話からはじまるのにはこうした内幕がある。

第一部は、物心ついてから小学校を卒業するまでの長介の話である。前書の『食いしんぼ歳時記』が「釣る採るところ食うところ」なので、続編は「長久命の長介」とした。勿論落語の寿限無を意識しての話である。九十歳を超して書き続けられれば、『続々食いしんぼ歳時記寿限無寿限無』を残したい。

「泣き虫の内弁慶、何にでも興味を持つが後片付けが出来ない子でね。でも優しいからいいよ」と言うのが祖母の口癖だった。祖母の言葉をなぞりながら書いた。この言葉は、年を取るにしたがって当たっているように思えてきた。長介は、私の分身であるが私より良い人間に仕上がってしまったように思える。祖母の言葉を拡大解釈して書いているようで面映ゆい。私はそんなに思いやりの深い人間ではない。話の中で、ところどころ長介が勝手に動き出してしまっているが、見たり話したりしているのはまぎれもなく私である。いや、私であるような気がしている。

仲の良かった「俊」は、数人の友達を寄せ集めて私の心が作り上げた少年である。疎開先での「さくぞう」にしても、疎開者なので友達のいなかった長介が作り上げた幻影くさい。「機関車に敬礼」の中の長介は一人で行動していた筈である。しかし記憶の中では、作蔵は長介の傍にいた。思えば不思議な友達の一人である。

第二部の「小茄子恋しや」は、「長介」を書いていたものだから、食べ物の話は、手を抜いていた。今回は「長久命の長介」に同居させてもらった感がある。

「小茄子恋しや」の章は、小茄子への恋文である。惚れた女性の佳さを惚気ているのと同じで面目ないと言えば誠に面目ない。小茄子は昼食の後醤油に漬ける。食べるのはまだ生と言ってよい。それを丼いっぱいつくりぺろりと食べ家人の顰蹙を買っている。好物の最たるものである。よく漬かるようにするのなら蔕は切り落として漬ける。うんと浅漬けが良いのなら蔕はとらないで漬ける。私にとってはどちらも旨い。

もし高山に行くことがあれば必ず買うことをお勧めする。出会ったときに買わずに後で食べたら旨いと悟り必ず後悔する。私は、小茄子が実り出すのを待って必ず買いに行く。読んで興味を持っていただき、小茄子を賞味してくださる方が増えるのを楽しみにしている。

食べることが好きで、見よう見まねの料理もする。見よう見まねは謙遜してのことで、包丁を握らせれば魚を見事に捌く。海辺育ちなので、魚体の構造はよく解っている。だから良い包丁さえあれば捌ける。鰹程度は、奥様方より確かなものである。終戦後飼っていた鶏は、みな小学生の私がしめて食卓へ送った。言うことを聞かない雄鶏には、そのうちしめて喰っちゃうぞと悪態をついたものである。最近は、鴨を撃ってきてくださる方がいるので、鴨も捌いている。食べるためなら労を惜しまず研究する。

そんなこんなで学校給食には力を入れた。新設校開設を命じられた時は、まず給食の研究から始めた。どうしたら生徒が残さず食べる食事を作れるのか夢中で考えた。子どもの頃、釣りに行く時のわくわく感に似ているなと苦笑したことがある。腕の良い栄養士に出会い、無理な注文をしたこともある。

バイキング料理を出して欲しいだの、にぎり鮨を献立に入れてほしいだの、言いたい放題のことを言った。バイキング料理の方は食べ方まで工夫してくれて実現させてくれた。好きな物を好きなだけ腹一杯に食べるのが幸福でないことをそのとき悟った。にぎり鮨の方はすげなく却下。生徒の前で鉢巻をして鰺を握る夢は叶わなかった。教員生活唯一の心残りである。

家庭科の女の先生を押しのけて東京都給食研究会の会長の座につかせてもらった。だから学校給食については未だに強い関心を持っている。この一書も教育庁の給食課と当時の栄養士・

給食調理員の諸嬢に献ずるつもりでいる。なんだか落語の「旦那の浄瑠璃」めいていて気恥ずかしい。

ほんとに長久命でもうすぐ八十、体の方は脚から衰え頭の方は海馬から壊れだしている。

竹馬のいろはにほへとちりぢりに　久保田万太郎

小学生時代の長介の友達は、もう会うべくもない。特に会いたいのは、松葉杖の「かっくん」と呼んでいた友達である。当時のラジオは夕方になり電圧が下がると、聞こえにくくなる。給食を食べながら聞きたいラジオ番組が聴けないと、「かっくん」にこぼした。「かっくん」は胸を叩いて「よし僕の家へこいや」と請け合ってくれた。ラジオ作りの技術や知識はとても小学生とは思えないものがあった。鉱石ラジオの原理から、制作までかっくんに教わり手造りの鉱石ラジオの放送を毎晩寝床で聞きながら寝た。

肩組んで何時も友達春夕焼　雪二

かっくんはまだ夢に出てくる友達の一人である。夢に出てくのがもう一人いる。中学・高校を同じ六甲中・高校で過ごし慶応大学へすすみ、フジテレビに勤め、これからという時に白血病で逝ってしまった。人の死がこんなに辛いものかと、彼の死に出会い思い知らされた。故渡辺把月は、私の二倍も三倍も大きな男であった。戯れに「君は京介の方が良い。守介掾目の介だ。そうしたまえ」と言ったものだ。長介が生まれたのは、彼の言葉の揺曳かも知れない。

良い奴はみんないなくなり、自分独り残されている。夜中に目覚めるとそんなとりとめも無い思いにとらわれる。長生きしすぎた「長介」である。長介は、長じて病気や障害のある子どもの教育を仕事とするようになった。きっと彼らの心が長介の心に忍びこんで来たのだろう。

松葉杖を突いたり、白血病と闘った子ども時代の友達の霊前にこの一書を捧げる。

毎回のことながら、東京四季出版の西井洋子様にはお礼の申し上げようもないほどお世話になった。加えてである。編集部の弦巻ゆかり様には随分面倒を見てもらった。有り難いと思っている。

そろそろ初鰹の頃

由利雪二

著者紹介
由利雪二（ゆり・ゆきじ）

俳人協会会員
からまつ俳句会主宰

著作
句集 『塔のある位置』『花こぶし』
『乗鞍高原の兎の足跡』
評論 『ひきかえしていった車椅子（花田春兆小論）』
随筆 『食いしんぼ歳時記』
詩集 『安曇村の胡桃の木』

現住所 〒352-0032 埼玉県新座市新堀 2-10-3

長久命《ちょうきゅうめい》の長介《ちょうすけ》 続《ぞく》食いしんぼ歳時記《さいじき》

発 行 平成27年5月2日
著 者 由利雪二
発行者 松尾正光
発行所 株式会社東京四季出版
〒189-0013 東京都東村山市栄町 2-22-28
電話 042-399-2180 振替 00190-3-93835
印刷所 株式会社シナノ
定価 本体1200円＋税

ISBN978-4-8129-0863-1